イーナリ国の夜明け

音羽万葉

時代情況は、数年前に書かれた本書の風景から
その様相をさらに変貌させた。
国と山河を想う人に、この小品を捧げる。

一

鶯の囀《さえず》る山里は遠ざかり、谷あいの細道がつづいていく。

いくたびも通った道ながら、見知らぬ国の見知らぬ道にも思えてくる。

「オーミ、お前はまだ生きているか」

夢のなかで聞いた先王《さきおう》の深い声が、ハンドルを握りしめるオーミの耳元で響いていた。

脇道の坂を下ると、エール川流域の平原が広がった。

草地は次第にまばらになり、やがて、エール川の大橋を渡りおえたオーミの前方に、無彩色の箱のような建物が林立する市街地が迫ってきた。

しばらくぶりに足を踏み入れた市街地に、往時の都の面影はどこにもなかった。

花で溢れていた公園も取りこわされ、跡には、灰色の鉄塔が建っていた。重たげな空気は乾き、人影もまばらだった。

ブレーキを踏んだまま信号が変わるのを待っていたオーミのそばを、一匹の痩せた野犬が走り去っていく。

〈餌なのか、もとの飼い主なのか、あの犬がさがしているのは〉

オーミはふと、路上の犬の姿とわが身を重ねた。

蝶が飛び交い、心地よい風そよぐ、匂い立つようなあの春の日々を、オーミは絶望に耐えながら探し求めていたからだ。

次の信号の角で、庭師のジンべが待っていた。

ジンべを見ると、旅先の夜道で一軒だけ灯りのともった料理店を見つけたときのように、ほっとした。

ヤークラ・ジンべは、代々イーナリ国の山林の管理を生業とし、王宮の庭師として王家に仕える一族の末裔である。先《さき》の王がグロバ族の長官によって捕縛されてから、十二年が経っていた。当時、国外にいたオーミに、決して王宮にはもどらぬようにと報せを寄こしたのが、ジンべである。王の庶子とはいえ、オーミが王宮にいれば無事であろうはずがなかった。事実、世継ぎの兄たちは追放され、その生死も不明のままである。親しい者たちがほとんどいなくなった王宮に、無口な庭師としてジンべは留まりつづけていた。

ジンべが車に乗りこむと、車は石切り場に向かった。

四十分ほど車を走らせて見えてきた低山の一角に、石灰岩の採石場はあった。アカマツがまばらに生えた山すその中央に、その白っぽい岩肌をむき出していた。やや赤茶けた岩肌近く、地下に向かって何メートルか掘ったまま放置された小さな坑道がある。灌木が入り口を半ばふさぎ、ふたりは誰に見とがめられることもなく、その坑道のなかで語りあえた。

「長官のピンザは、どんな具合だ？」

オーミのおとなしい声が、周囲の石にそっと触れるように反響した。

「きのうも、樹齢四百年の欅《けやき》を切れ、と命じたのです。雑草を刈りとるのも欅を伐採するのも同じこと、それが、草木にとっての平等だ、とか言いまして……。大木が倒れるさまは、酷いものです」

「西の庭園のあの欅か」

「はい。欅の悲鳴でこの胸もつぶれそうでした」

「あの欅なら悲鳴など上げず、何が起ころうとも耐えるだろう」

「いいえ、このジンベ、木のことはよく分かっています。われわれ人間とはちがって、木は正直なものです。無理に思いを押し殺したりはせず、悲しいときは泣いて、素直に悲鳴をあげます」

ふたりは、しばらく黙った。

先王の最後をめぐる別々の想像が、ふたりの脳裡をよぎっていた。

石壁の窪みの前で、ジンベが歩をとめた。

「オーミさまにお会いできるのが、わたしには唯一の喜び。こうしてお会いできているかぎり、きっと、何かよきことも起きましょう」

オーミとジンベは、その石壁の窪みにメモを置いて、互いに連絡をとり合ってきた。ふたりで石切り場に来るときは、待ち合わせの信号近くの駐車場に、ジンベは仕事用の小型トラックを停めておくのである。

子どもの頃のオーミの遊び相手が、九歳年上のジンベであった。

ジンベの祖父に連れられて初めて石切り場に来たとき、ふたりは既にこの坑道を見つけていた。

オーミの幼年期の記憶のなかには、つねにジンベの姿があった。

蝶やトンボを目掛けて捕虫網の振り方をジンベから習った日、オーミは自分も兄たちのように成長した気がした。ジンベが見せてくれる所作をまねるたび、自分も父王の雄姿に近づいていく気がした。

幼年時代の風景は遠い光源に映しだされながら、この数年間のどんな出来事よりも鮮明に間近にあった。

「先のことは分からない。だが……」

どこからともなく聞こえてくる水滴の音が、オーミの言葉をさえぎった。石のすき間にたまった雨水がゆっくりと流れ落ちてくる、時間も空間もかき消してしまうような不思議な響きが、辺りにしみた。

「オーミさま」

ジンベの声が、真面目な低い調子になった。またあの話なのだ、とオーミは思った。

「ご結婚なさいませ」

「いつも言っているではないか。結婚は、魂の出会いがあってこそすべきものだ」

「魂の出会いなどと思うのは、いっときの気の迷いか幻想にすぎませぬ。人は、伝統のなかで生き、伝統を守り抜いてこそ、人たりうるのです」

そういうジンベは、初老となってなお独身のままだった。神に仕える修道士のごとく、一途に先の王に仕えてきた。

ジンベは、オーミの将来を思って結婚を勧めているのではない。先王の孫が欲しいのだ。先王の面影をやどす赤子を腕に抱き、赤子の無垢なまなざしに先王への愛を託して、この世を去っていきたいのである。

オーミには、ジンベの心の底がわかりすぎていた。

甥が何人もいるジンベには、ヤークラの血統が絶える心配をする必要がない。ジンベにとって気がかりなのは、先王の血統が絶えてしまいかねない王家の先行きだった。

「せめて、閨事《ねやごと》なりとも励んでいただかねば」

「王家の血筋の者なら、国外にもたくさんいるではないか」

側近の誰もが言いはばかった事実を、オーミは口にした。

先王の祖父が青年期に外遊中、少なくとも三国に大勢の子を残したのは、半ば公然の秘密である。

「わたしにとっては、先王の御孫《みま》のほかに玉《ぎょく》は考えられません」

「ジンベ、お前のそういう気持ち、長官にでも見抜かれたら大変だぞ」

「大丈夫です。グロバ族の面々に、すっかり馬鹿だと思われていますから、うまくやれます」

ふたりの眼が、同じ記憶に輝いた。

「そう言えば、先王の口癖でした。――君主は、馬鹿のふりができなければ務まらぬ、と。きっと、その影響でしょう。ピンザ長官に初めて会ったときも、わたしがいつものように馬鹿の振りをしたお陰で、馬鹿ではあるが使える庭師として、今も王宮を離れなくていいのです」

「ところで、公園に建っていた灰色の塔、あれは何なのだろう？」

オーミは、話題を別の関心のほうに向けた。

「ああ、あれもとんでもない代物です。グロバの連中ときたら、半時間ごとに各家庭の電気の使用量を量っているのです。それを自動的に無線送信するのですが、その中継基地らしいです」

「半時間ごとに？」

「はい」

「異常だな」

「その異常をもはや誰も異常と思わないのも異常なことでして」

「監視や管理をするためにか」

「おそらく」

オーミは、ため息をついた。

「盆の里には、まだそのような動きはないがな」

「盆の里は、最後の砦……」

ジンベは、普段は涼しい目元を険しくしながら、力をこめて言った。

山でかこまれた小さな平野や谷間がいくつもあるイーナリ国では、盆に似たその形状から、そうした土地を古くから盆の里と呼びならわしてきた。この数百年の間、盆の里に暮らす人々の楽しみは、小高い丘に立つ王宮近くの市街地にときおり出かけていくことであった。だが、グロバ族による占領以来、市街地はすっかり荒れていく。

ジンベは、こうしたいきさつすべての生き証人でもある。

盆の里が最後の砦、と思わず力のこもった口調でジンベが言い放ったのも、グロバ族の支配に抗してのことである。

〈いつか、グロバ族の専横から解き放たれる……その願いの叶う日が訪れるのだろうか〉

オーミのこの思いは、ジンベも里人も同じであった。

何を目指すべきかは自明であったが、何をなすべきか分からないオーミとジンベは、人目をはばかる恋人同士にも似て、密やかに語りつづけた。

いつの間にか洞窟の外では、山の木立にそそぐ光が翳《かげ》っていた。ふたりは、それぞれの帰路を急がねばならなかった。

別れ際、ジンベは眼をはしらせてオーミの身なりを検《あらた》めた。

「宝はボロ布に包むべし、ですな」

闇に染まりはじめた夕まぐれの空に、白い月と明るい金星が浮かんでいる。

オーミは天を仰ぎみ、ため息まじりに呟いた。

「太古からの星の姿に、変わりはないのだが……」

二

荷台にかけられたシートが、風に煽《あお》られて気持ちよさげにゆれている。ジンベの運転するトラックだ。しばらく野道を走ってから、トラックが王宮のなかに静かに滑りこんでいく。中庭でシートがはがされると、庭石や苗木に代わって、小さな子どもたちが次々に荷台から降りてきた。スモックの胸には、大きく「イーナリ」と印字がなされている。運転席にいるのは、もはやジンベではなく、見知らぬ中年の男である。

〈可哀そうに、子どもたちは商品なのだ〉

と思うオーミ自身は、土牢のなかにいた。

……「夢？」とおぼろげな意識が浮上してくるのに前後して、オーミの目が覚めた。

牢獄での経験のあるオーミは、ごく稀に、牢獄にいる夢をみることがある。

百五十年前、グロバ族の人々が多く渡来して以来、警戒の必要を感じたイーナリ国の王家では、わずかな側近だけが知る奇妙な慣習がはじまった。

王の息子たちは十八歳になると、王妃の息子と庶子それぞれに行が課されるようになったのである。

オーミのような庶子は、十日間、牢獄で暮らさなければならなかった。囚人たちと同じものを食べ、囚人たちの会話や囚人たちのようすを直に見聞きすることで、人間の内奥を見抜く力と忍耐力を養うことが期待されたのだ。

王妃の息子たちには、もう少し危険な行が課せられた。寝袋や数日分の食糧、それに僅かな宿賃だけを与えられて、市街地から七十キロ近く離れた山の奥にある祠《ほこら》の守り札を、一週間以内に持ち帰るというものだ。時には山中で夜を過ごさねばならぬ行程である。隠れた護衛がひとり付くが、本人にそのことは知らされない。この世界を信じることと油断をしないこと、その双方を学ぶというのが、この行の狙いであった。

人生には、後にも先にも、この世では二度と味わえないような体験をすることがある。オーミにとっては、牢獄で過ごした日々がまさしくそれだった。

エール川に面した中世以来の街道に沿って、獄舎は建っていた。

当時の獄舎は、セメントモルタルで接合された煉瓦積みの建物だった。

季節は冬のはじめで、牢獄のなかは干し草のような匂いがこもっていた。

囚人たちには、染めむらのある粗末なセーターが配布されていた。囚人服を着れば、立場や地位で成り立つ世界は消え、腕力が幅を利かせる狭い世間ができあがる。乗馬を嗜《たしな》む他はどんな運動にも身をいれてこなかった華奢な体躯のオーミは見下され、しばしば邪険にされた。囚人よりも、むしろ牢番の態度が豹変するのに、何度か驚いたことがある。それでも、心根のやさしい囚人も、相手の示す力で態度を変えたりすることのない牢番もいて、つかの間の会話に心和むことも偶《たま》にはあった。

いかにも人相の悪い男たちやこれが犯罪者かと思えるほど気の弱そうな男たちにまじって、ひとりだけ品がよく、眼の奥に潔さを宿した男がいた。世の中にもはや求めるものは何もない、と全身で語っているような四十歳くらいの男だった。

食堂の窓を見あげる男のまなざしがオーミの関心を引いたのは、獄舎に入ってから数日後のことであった。

壁に据えられた小さな窓からの眺めといえば空ばかりで、多くの囚人たちにとって、空しか映さない窓は何も映さない窓にひとしかった。その男だけは、食事のときに、スプーンを口元に運んでは、太い眉の下の眼を見開いて、じっと空を見つめるのである。オーミもまた空を見るのが好きだったので、ふたりの視線が、虚空で混じりあうかに思えるときがいくどかあったが、男の視線は、オーミのそれよりも、はるか彼方の高い空に向けられていた。

プラスチックの皿やまずいパンに耐えられるようになり、食事の時間が楽しみになったのは、その日からのことである。

以来オーミは、その男に話しかける折をとらえようとしたが、ふたりが言葉を交わすことは終ぞなかった。明らかに、その男にしか見えない透明な繭《まゆ》のなかに、男は閉じこもっていた。

獄舎を出てからしばらくして、司法長官にその男の罪状を尋ねる機会があった。

「よく覚えていますよ。あの男なら殺人罪です。婚約者が裏切ったと思いこんで、激情のあまり発砲してしまったのです。後で、それが誤解によるものと知り、自らも命を絶とうとした男は、幸か不幸か、ちょうどその時に取り押えられたのです」

司法長官が話し終えたとき、オーミは、男に対する同情というより、むしろ男に対して奇妙な敬意を感じたのを覚えている。

いき逢い、また遠ざかっていく人々や風景の思い出は、往年の祭礼の釣灯籠の明かりさながら、幻のごとく揺れては身のうちのどこかに残りつづけている。獄舎の空気も、そこで見知った人々も、王宮の華やいだ居間の空気と同じく、なおオーミのなかで生きている……。

……朝方の夢から覚めたオーミは、盆の里にある古い一軒家の二階にいた。

小高い丘の中腹に位置する家からは、南東斜面に広がるブドウの果樹園、さらに家々の向こうにエール川の支流を見わたせた。

視界の西の端には、市街地にある王宮の塔の頂が、ジンべからの合図のように空に小さく突き出ていた。

オーミが盆の里に身を潜めるようになって、四年が過ぎていた。

母親が盆の里の生まれであったことが、オーミには幸いした。母親の従妹の子供であるイワーニャの手引きによって、オーミは盆の里に隠れ住むことができたのだ。

オーミを先王の息子と知るのは、ジンべとイワーニャのふたりだけである。

そのイワーニャが、間もなくやってくる時刻だった。

三

「水車の多くは、無事だったよ」

玄関で開口一番、イワーニャの陽気な声がした。

イワーニャは、盆の里の何でも屋である。オーミはときどき、イワーニャの仕事を手伝った。イワーニャは、自由な気質に生まれついていた。誰も遠慮して言わないことも、つい口に出して言ってしまうような男である。しかし言われた方も、悪意のかけらもないイワーニャの言い分に、みんな素直に納得する

昨日イワーニャは、春の嵐が吹き荒れたあとの水車のようすを、ひとりで見てまわっていた。点検を要する水車をいくつか残したままだったので、修理の際にオーミの手も借りようと、イワーニャは朝早くオーミを迎えにきたのである。

ふたりは小道まで、肥料にもなる青いルピナスの植え込みに沿って歩いた。

イワーニャが、市街地のようすを聞いてきた。

「相変わらず、街は荒《すさ》んでいたかい?」

「ますますね。訪れるたびに絶望するのに、つい気になって様子を見に行ってしまう……。ジンベは元気だった」

「オーミ、君もジンベを見ならうべきかもね」

イワーニャは縁戚のよしみで、オーミさまではなくオーミと呼んでいた。

「見ならうって、あの頑固さか。それとも、馬鹿なふりをすることか」

「どちらでもないよ。ジンベだって、辛いのさ。だが、ジンベは絶望など素知らぬ顔をしているだろう。何故か分かるか？」

「……」

「信じて待っているからだよ。その待っているものに、いつかは近づこうと心を定めているからさ」

イワーニャの明るい声を聞いていると、オーミの胸のつかえが不思議なほど消えていく。

「わたしは待っているものに近づこうとしない、って言いたいのかい？」

「そもそも、君が何を待っているのか、分かりづらいときがある。単に昔の暮らしぶりを懐かしんでいるだけなのか、それとも、待つことさえ諦めているのか」

「わたしはね、近づいて得られるものより、向こうからやってくるものの中にこそ真実があると思っているのだ」

「やって来たのは、グロバ族の支配だぜ」

イワーニャは、愛嬌のある目を皮肉っぽくしてオーミに向けた。

「そうだな。やって来たのはグロバ族の支配だ。やって来たのは父上の死だ」

「むきになるだけ、君にも期待があるってことだ。ただ僕の見るところ、殊《こと》グロバ族に関して言えば、これからも、あまり好いことはやって来ないな。強欲な彼らが、自分たちの支配欲を充たす為にこの社会に対して又どんなことを仕掛けてくるやら……」

イワーニャの四輪駆動の軽トラックが、丘の麓でふたりを待っていた。

助手席に腰をおろしたオーミは、もっと話しつづけたい欲求を感じながらも、睡魔におそわれた。

「眠そうだな」

「ピンザがいかに危険な男なのか、ずっと考えていてね。きのうは寝ついたのが明け方近くだったから」

オーミは、夜どおし案じていたのである。どれほど馬鹿のふりをしようが、切り倒された欅と同じ運命がジンベにも降りかかりはせぬかと。

ほどなくして、オーミは眠りはじめた。

車は、エール川の支流を上流へと向かった。

木漏れ日が、玉露《たまつゆ》のごとく車窓の上を流れていく。

沢に沿った上り道をゆっくりと走り、緑の鮮やかなブナとコナラの混交林を抜けると、オーミの住む里とは別の集落がひらけていた。

住人の数は少ないとはいえ、千年以上はつづいている集落である。

水に恵まれ、沢蟹や川魚が食料ともなり、近くの雑木林からはナツメなどが採れる豊かな土地で、今では麦や大豆などを輪作するほか米作りも行っている。

この里の水車は、水の流れ、時の流れにそって、回りつづけた。

発電用の金属製のプロペラ水車も何台か設置されているが、点在する木製水車が、昔と変わらぬ風景を織りなしていた。

目を覚ましたオーミに、里の水車の音が聞こえてきた。

オーミは、初めて訪れた土地の美しさに息をのんだ。

稲の小さな苗が緑の列をなしている田の水面を、天上の大広間が映っているのかと見まごうばかり光が舞っていた。

トラックを降りたオーミは、生暖かな空気の匂いを思う存分吸いこんだ。

イワーニャは、道具袋をトラックから降ろして肩に担ぎ、自信にみちた足取りで水車に向かった。

「やはり、思ったとおりだ」

田に水を引き入れるための揚水用下掛け水車が、水路のなかで止まっていた。流木が輪板とカラミの間にはさまって、水受け板も何枚か剥がれ、樋《とい》も曲っている。

この地の木製水車は、七年ごとに作り替えることになっている。それまで、あと二年の間は何とか持ち堪えさせねばならなかった。

オーミは、イワーニャが水受け板をはめる間、輪の中心と外輪をつなぐ輻《や》を押さえつづけた。

「この水車、見るからに頼りなげだったろう。仕事や物には、すべて関わった人間の気持ちが現れるんだ。この程度でいいだろう、ってどこかいい加減な感じでこの水車は作られたね。水受け板の切り方も不ぞろいだしね。こういうのって、必ずあとで付けがまわってくる。俺はね、結構いい加減なところのある男だが、こういう仕事だけは、きっちりとしたいんだ。水車ってのは、何しろ神聖だからね。新大陸では、産卵時の鮭が海から川に上ってくるときだって、水車でつかまえるんだよ。仕事をして餌ももたらしてくれる……つまり人間にとって、水車は父親みたいなものだ」

イワーニャが熱弁をふるっている間、すぐ傍の草むらで二匹の黄蝶が絡まりながら飛んでいた。

二匹の黄蝶が扇で煽られているように揺れ動くさまに、イワーニャも眼をやった。

「知っているかい？　あれは、たいてい雄が雌を誘っているのさ」

「むかし、ジンベが教えてくれたことがある。わたしは、蝶たちがじゃれ合っているだけと思っていたから」

「もちろん、すべての雌がO・Kを出すわけじゃない。人間と同じだね」

イワーニャが、去年の秋に知りあったミーナのことを考えているのだと、オーミには分かった。

修理具合を確かめ終えると、道具を仕舞いながらイワーニャはふたたび話しだした。

「ミーナはすぐには結婚を承諾してくれないんだ。俺といると幸せだって言うのに……自分の赤毛を気にしているのかな」

「この辺りでは全く見かけないけど、赤毛は遠くの西の地方ではたまにいるらしいよ。だから、そんなに気にすべきことでもないはずだが。……結婚って、それまでの自分の殻を破らないと成り立ちにくいだろう。だから尻込みするのじゃないか」

「君は、そうなのか？」

矛先が自分にまわってきたオーミは、苦笑した。

「わたしは、やはり国の行く末が何よりも気がかりだ」

「ほとんどの男はね、仕事の大義名分という看板の裏で、個人的な生活も器用にうまくやるもんだよ」

「器用とか不器用とかではなくて、いわば直観だな。何となく、父親になることを恐れているのかもしれない」

「直観？」

「うん」

オーミの予感、それは、子供を授かったなら、その子を不幸せにしてしまうのではという危惧だった。

仕事を終えたふたりは、久しぶりに互いの胸のうちを思うさま打ちあけた。

その帰り道、

「この先に知っておいて欲しい家がある。……もうすぐ、賢者クシマの家が見えてくるよ」

とイワーニャは、トラックを緩やかな坂道へと向かわせた。

クシマの名前は、オーミも聞いたことがあった。

賢者クシマは聖人なのか変人なのか分からない、その体からウグイスの糞の匂いがするときは聖人になっている——と、盆の里人たちは、愉快げにクシマの噂をしあっていた。

「会ったことがあるの？」

「あるような、ないようなな」

「……？」

「たしか池の氷が溶けた頃だな。クシマに会ってみようと出かけたんだがね。向こうに、栗の木の並木が見えるだろう。あそこでトラックを降りたら、ちょうど真正面にこちらを見ているクシマが立っていてね。この時なんとなく近づきがたく……結局俺は、遠くから会釈をして、いかにもそれらしく藪の中に入って用を足して戻ってみれば、すでにクシマは消えていた、ってわけさ。……クシマという男のことが、何故かずっと気になっていてね」

「クシマって、数年前にひょいとやって来たというよそ者だろう？」

「きみだって盆の里人から見ればよそ者だよ……。ミーナもよそ者だが」

少し黙してから、イワーニャが呟いた。

「君を送ったら、あとで会所に寄ってみよう」

トラックは向きを変えて、もとの谷間の方へと降りていった。

すりガラスの笠電球が、会所の中のうす闇を照らしている。

ときおり会所に立ち寄ることもあるミーナの姿は、どこにもなかった。

四

夕飯を終えた奉技団の面々が、楢材の大きな食卓兼作業台を取りかこみ、年若い屋根職人のザックの話に興じていた。

鋳物師のフーゴが、

「ザック、魚の目ん玉をいくら食べたって、さほど目は良くならないぞ。そんなものより、兎っ子のように、人参を食べるのが一番だな」

と意見しかけたところへ、イワーニャが入ってきた。

ミーナの不在にがっかりしていたイワーニャに、里長《さとおさ》のトーゴが問いたずねた。

「水車はどうだった？」

「少し手を入れたので、大丈夫です」

大工の棟梁の家筋に生まれたトーゴは、奉技団の長でもあった。

奉技団は、盆の里の職人や芸能好きが寄りあって、自然発生的に生まれた集まりである。定期的な集まりは月に一度だけで、あとは、トーゴの家の空地に建てられた集会所に、思い思いに顔をだす。伝統的な技を引き継いで天に奉るという意をこめて、この集まりを奉技団と名付けたのが、トーゴであった。

「オーミも一緒だったのかい？」

さらに訊いたトーゴに、オーミは軽くうなずいた。

「オーミってのは変わった奴だが、憎めないところがあるよな。俺と同い年くらいだろうに、初心《うぶ》な感じだよな」

フーゴはそう言うと、大事そうにビールを飲み干した。

織物職人のチサキだけが、椅子を食卓から離し、うなだれて座っている。

イワーニャは、何日も髪をすくのさえ忘れているようすのチサキに話しかけた。

「チサキ、息子の人生は息子のものだ。仕方ないさ」

母ひとり子ひとりの身の上で、大事に育ててきた息子のユーマが、この春からグロバ族の会社に勤めるために市街地に越していったのである。そのせいでチサキが気鬱になっているのは、周知のことであった。

「織物職人の息子が、ロボットの制服みたいなスーツを着て毎日勤めにでるのかと思うと、ぞっとするよ」

もともと穏やかなチサキだが、感情的になると荒々しい口ぶりにがらりと変わる。

幼い頃からユーマを知っているトーゴにとっては、二十年前のユーマもひと月前のユーマも、同じように《子供》である。

「ユーマ……あの子は、愉快な子だったなあ。昔うちに遊びに来た時、食卓に置いてあったカカサマの入れ歯を手にして、『誰かの歯が落っこちてるよ、歯茎もいっしょにくっついて落っこちてるよ』って目を白黒させながら大騒ぎをしてな。みんな笑い転げたものだったが……。今どきの若者は、グロバ族になびいて生きていくか、仕事がなくて生活苦に喘いで生きていくか、そのどちらかなんだからな」

チサキは、「そのどちらかなんだからな」と、他人事として語るトーゴをひと睨みして、絡んできた。

「世の中あとは野となれ山となれ、って気で里長がいるってことぐらいお見通しなんだからね。そういう人には、神さまだって、天に住み家を用意してくれないからね。だいたい里長がしっかりしないから、若い者たちが出て行ってしまうのさ」

イワーニャが、とりなし役を買って出た。

「盆の里にいても、なんとか生きていける。現にザックはそうしている。もう少し楽な暮らしをしたいと思って、里を出ることを選んだのはユーマ自身だから、里長を責めるのは筋違いだ」

盆の里に誇りを感じているフーゴは、おどけながら言った。

「街の暮らしが楽だなんて、愚かな思いこみだな。右に左に上に下にと気をつかって、言いたいことも言えず、好きなこともできず、こんな面《つら》で操り人形の暮らしをおくるだけだぞ」

ビールで赤くなった顔をあげて、フーゴは、グロバ族の表情のないのっぺり面をして皆に見せた。男たちは、グロバ族をそっくり真似たフーゴの顔に、手を叩いて喜んだ。

「右に左に……か。昔は良かった。右を向いてもセージュロ、左を向いてもセージュロ、ってな」

なにかにつけ、昔、昔と昔のことを持ちだすトーゴだが、古典に縁遠いザックには、何が何だかさっぱり分からない。

「里長、セージュロって何ですか」

「オハルとセージュロってな、昔大流行《おおはやり》した芝居だ。オハルは、刑死したセージュロ恋しさのあまり気が狂う。だから、どこにいても、何を見ても、セージュロ、セージュロっていうわけだ」

「恋で気が狂うなんて、あるんですか？」

「そうあるものではないから、芝居になるんだよ。もっともこの話は、実際にあった事件をもとにしているがね。芝居の興行も、今ではご法度……ひどい世の中だ」

トーゴの嘆きが、部屋中に伝染した。

「今のピンザとかいう長官は、あれも駄目これも駄目って、あいつは気が狂っているとしか思えない……鉄くずといっしょに溶かしてくれるわ」

フーゴの過激な物言いには皆慣れていたが、どこか現実味のあるこの言い草に、一同がはっとした。

トーゴは、フーゴの最後の言葉をあえて無視するように、イワーニャの顔をまじまじと見ながら訊いた。

「イワーニャ、君は以前、長く外国にいただろう。グロバ族の統治の国で、こんな統制って見たことがあったかね」

「長いといっても六年、しかも俺も若かったから、かりに何か統制されていたとしても俺には分からなかった。彼らは統治することにかけては巧妙だしね。ピンザのような露骨な支配は、例外的かもしれないな」

国を出たことのないザックが、羨ましがった。

「いいなあ、よほどのコネがないかぎり、今はもう外国に行けないんだって」

イワーニャは、暗くなった窓の外に過去をさがす視線を注いだ。

「もう十二年か……早いものだ。たまたま俺は政変の直前に帰国したから、運がよかった方だな。政変が何もかも変えてしまったなあ。二代目の長官、何て名だったけ、あいつはまだましだった。国内も国外も往来をもと通りにしてくれて……。だがピンザのおかげで、またこの始末」

「政変の前までは、たしかに天国だったねえ。誰もが生きいきとしてさ。うちのユーマもかわいい盛りで……」

チサキが、ふたたび話の輪に入ってきた。

「チサキ、ユーマは必ず盆の里に戻ってくるぞ。フーゴさまのご託宣は当たるからな」

魔術師をまね、フーゴは両腕を高くあげた。

よき未来を待ちのぞむ青年ザックは、本気そのもので言う。

「魔法でグロバ族を追い払えるならなあ」

トーゴは、小さな声で言う。

「わしらとて、何か抵抗できるはずだ」

チサキは、悔しがって言う。

「里長は臆病すぎて、無理な話さ」

現在《いま》のグロバ族の支配にあらがう術のないことは、誰の眼にも明らかだった。

五

イワーニャがミーナに出会ったのは、晴れた空をすじ雲が流れゆく朝だった。時に不吉とされるカラスの声が、この日は、驚くほど明朗で伸びやかだった。

盆の里では、週に一度市が立つ。

天気の良い日、市は、いくつもの屋台がいっせいに花弁をひろげた花のような賑わいとなる。いつもは人影のまばらな盆の里とはうってかわって、人、人、人でひしめき合う。

魚の屋台では、「さあ、買った、買った、煮ても焼いても魚たちが踊りだすよ」と鮮度を自慢する若い売り子が、客を呼びこもうと声をはりあげる。

牛、豚、鶏のほか、ときに羊などの肉も売る屋台では、自家発電による冷蔵庫の音がうなりをあげる。血抜きを済ませ毛皮を剥がれたウサギが、何匹も逆さづりに店先にぶら下がり、無残な運命をさらけ出している。

その横を、子どもたちがわき目もふらずに、チョコレートの屋台をめがけて駆けていく。

イワーニャは、パナマ帽をかぶり、「私のお気に入り」のメロディーを口笛で吹きながら、知人の農夫からあずかった人参の箱を野菜売りの店先に置くと、満足気に言った。

「今日は、この箱でおしまいだ」

「大根がまだ残っていたら、この次お願いするよ」

屋台の主人《あるじ》の頭のなかには、どこの誰の畑からいつ頃どんな野菜がとれるか、歳時記のように狂いなく刻まれている。

「合点承知！」

と、イワーニャが屋台を離れたときである。

一陣の風がひゅーっと鳴って、イワーニャのパナマ帽を吹き飛ばした。

追いかけて伸ばした手が帽子に触れたかと思うと、ふたたび吹いた風がさらに帽子を運んだ。

帽子は、テントに覆われた屋台の前で、ぴたりと止まった。

イワーニャがほっとしたとき、誰かの手が帽子を拾い上げ、身をかがみかけていたイワーニャに手わたした。

「あの……」

イワーニャが礼をいう間もなく、相手は背を向けて、テントの裏手に停めてあった自転車で去っていった。

ロングスカートをはいた赤毛の娘であった。

からくり人形のような動作をする娘だな、という印象を抱いたイワーニャは、或ることを思い起こした。

部屋に入ってきた子供の足を軽く踏んでみると、多くの子供はまず踏んだ人間の顔を見上げるが、自閉症の子供は、相手の顔を見ないで、上にのった靴やスリッパだけを除けようとする——という話である。

これは自閉症の子供の見分け方として、よく知られていたものらしい。

〈あの娘、自閉症かな〉

たわいない想像を巡らしながら、イワーニャは、市場をあとに山の手入れに出かけていった。

山の中で、赤毛の娘のことは、すっかり忘れていた。

娘のことが心に浮かんだのは、近隣の人も犬も寝静まった頃である。

〈夜も更けた。さあ眠ろう〉

眠ろうとすればするほど、なかなか寝つかれぬ夜であった。

外では風が野を駆けめぐり、玄関の木戸の扉を鳴らしている。

〈風……。そうか、今朝、風で吹き飛んだ帽子を拾ってくれたあの娘、見かけない娘だな〉

つかの間、眠気が体にしみていくが、ひとりでに動きだしてくる脳が、なかなか体を寝つかせない。目を閉じても開いても、何故か、自転車に乗った娘の後ろ姿が浮かんでくる。

〈赤毛というのも珍しいな。いじめられることもあったろうか〉

ひとりっ子で、地方役人の息子だったイワーニャには、誰かにいじめられたという覚えがない。娘の「いじめられたかもしれない過去」に想像をめぐらすと、帽子を拾ってくれた見も知らぬ娘が、急にいじらしくなってきた。

イワーニャは、いわゆる情の深い優しい人間、といった類《たぐい》の男ではない。どちらかと言えば、人に関心を抱くことさえ少ない方である。ところが突発的に、誰に対しても底なしとも言い得る情愛を抱くことがある。これといった理由があってのことではない。善人だからとか、美しいからとか、可愛いからとか、そうした事にはいっさい関わりなく、不意に、他者とイワーニャを隔てている世界の壁が溶けてしまうのである。

旧大陸を旅しているとき、老いた物乞いを打ち捨てがたく思えて、物乞いの横でさしたる話もせずにひと晩中いっしょに座りつづけたこともある。共感でもない、同情でもない、この世界と一体となったような力が、イワーニャの奥底から噴きだすのである。

木戸の鳴る音が、静かになった。

〈風が止んだな〉

眠れないのなら、いっそうのこと朝まで起きていようと、イワーニャは、頭巾のついた厚手の部屋着を羽織って外に出た。

「汝、語るべし」——それが、イワーニャの名前の意味である。イワーニャの父親が命名した、風変わりな名前である。名前のとおり、変わり者として気ままに生きてきたイワーニャ、「学校は義務教育で十分だよ。何にしたって、現場で学ぶのが一番だからな」と言っていた父に従い、心の命じるままに生きてきたイワーニャ。そのイワーニャと珍しい赤毛の娘、この取り合わせは悪くない、イワーニャは、そう確信した。

頭上では、うす闇の空をただよう白い雲が月と重なり、照り映えていた。

夜気がひんやりと身を包んだが、イワーニャの体の芯には、しかと命の火が点《とも》っていた。

その風の日から、イワーニャは赤毛の娘を探すようになった。

足しげく市に通い、誰とでも雑談をし、それとなく視線を四方にやっては、なるべく長い時間を市で過ごそうとした。

暇な老人は、格好の話し相手である。長話を年寄りたちが喜ぶのは、イワーニャにとっても好都合だった。数年前から呆《ほう》けだしたフーゴの母親マーゴも、そうした老人のひとりだった。

きのうフーゴの家で顔を合わせたばかりのイワーニャにも、マーゴはこう挨拶する。

「おやまあ、あなた、何年ぶりだろうね。お元気そうね」

「何か掘り出しものはあった？　マーゴ」

「たくさん掘ってみるんだけどね、とんと力が弱いので何も見つからないのよ。あなたは何か見つけた？」

マーゴには、何を言っても平気だった。

「まだ見つからないんだ。赤毛をね、探しているんだけど」

「赤毛ねえ、どこかで見たわね、どこだったかしら」

マーゴは、年代物の赤いマフラーを巻いた首をかしげ、三十リン入った財布のなかを真剣な面持ちでのぞきこむ。

「ないわねえ、どこにも。十リンのコインならいっぱいあるのにねえ。フーゴがね、母さん、コインを持って市場に行っておいでよ、ってね」

息子の名前は、まだ頭に留めているマーゴである。

マーゴは、家の者から大事に思われながらも、さほど構ってはもらえない。そういう痴呆老人に特有の可愛らしさと哀れさが、少し不安げな顔つきや痩せた手足や丸くなった背中から滲みでていた。

マーゴとのやり取りの間にも、イワーニャは辺りに視線を走らせる……。

同じような日々が繰り返され、ひと月が過ぎ、そして収穫の祭りも過ぎていった。

肌寒いある日の午後、仕事の予定がひとつ流れたイワーニャは、なんとなく会所に立ち寄った。

チサキが、野草の香りのする茶を暖かそうに飲んでいた。

暖炉を焚くにはまだ早く、石を敷きつめた床から伝わる冷気に、イワーニャは軽く体をふるわせた。

自分で茶を入れながら、イワーニャは思いきってチサキに訊いた。

「チサキ、赤毛の娘って、会ったことある？」

「赤毛……ああ、ミーナのことね」

「知ってるの？」

チサキは片手で唇をぬぐうと、首をたてにふった。

「あの娘《こ》、ギーノの陶器の絵付けをしているのよ」

「ギーノの器に？」

ギーノは、名の知れた陶工である。気難しいこと甚《はなは》だしく、自らの器の絵付けを誰かにさせるなど考えられないことだった。チサキが赤毛の娘を知っていたこと、ギーノが絵付けを人に任せていること、その絵付けが赤毛の娘の仕事であったこと、こういったすべてに、イワーニャは、二重、三重にも驚いた。

「ギーノも年とったのよ。この前、っといったって、もう数年前だけどね、手が思うように動かなくて線が描けなくなった、ってぼやいていたから。そのあとよ、ミーナがやってきたのは」

「ギーノが託すほどだから、いい絵付けなんだろうな」

「そりゃそうだろうさ。あの娘ね、エール川を上流に向かっていくと麦畑があるだろう。ほら、昔、雑木林を切り開いて作ったっていう畑、あの近くで住んでいるのよ」

「廃墟みたいな寺院があるところ？　たしか何軒か集まった小さな集落があったな」

閉ざされていた扉が、指ひとつ触れるだけで開かれていく――この成り行きが、イワーニャには愉快でならなかった。愉快な気分はその後もつづき、たぐり寄せればミーナへとつながる綱を手にして、イワーニャは落ちついた。

翌日には、倉庫の奥に仕舞ってあった自転車を取りだして、乗りはじめた。季節外れのパナマ帽をかぶり、口笛を吹きならしながら、軽トラックでは通れぬ狭い道をあえて走った。風に揺れるススキの穂が、小動物さながらイワーニャに戯《じゃ》れついてくる。空や大地や枯れ色がかった野草や、周りの世界のすべてがイワーニャに応えてくれている、そう思った瞬間、乗っていた自転車がパンクした。ガラスの破片が、タイヤに刺さっていた。

イワーニャは、持ち前の機転を発揮した。

自転車は近くの知人の家に預け、あとで軽トラックで自転車をとりにくればよい、タイヤの修理は家でできるだろう、そう考えたイワーニャは、走ってきた道をひき返し、自転車を押したり提げたりしながら、知人の家に向かった。

季節の移ろいは速く、昨日のことのように思えるミーナとの出会いから、すでにふた月になろうとしていた。

秋の陽をうけて、野も山も銀色にかがやいてみえた。イワーニャは、自分がどこにいるのか分からない、浮遊したような感覚に見舞われた。自転車を押す力だけが、イワーニャを現実に引き留めていた。

しばし道を行くと、銀白色の光彩のなかから自転車に乗った人影が現れた。赤毛の娘、ミーナだった。

イワーニャは、突然の遭遇におどろかなかった。

ミーナも、おどろくようすはなかった。

ふたりは、互いの瞳の奥に吸い寄せられるように、見つめ合った。

初霜が降りて、冬支度が忙しくなった。

子ども達も、薪を荷車に積んで運ぶのを手伝った。

風に舞う落ち葉が路面を転がる音さえ聞こえるほど、ひっそりとした午後のことである。

コートを着こんだ、肉づきのよい顔だちの三白眼の男が、会所を訪ねてきた。

折しも会所では、トーゴ、チサキ、イワーニャの三人が、大晦日の段取りを話しあっていた。

訪問者は、ミーナの手になる作品を買いたいという仲買人だった。

〈胡散《うさん》臭い男だな〉

三人ともども同じ印象を受けたが、ミーナの意向を確かめずに断るわけにもいかず、イワーニャがミーナを呼んでくることになった。イワーニャは、喜び勇んで出かけていった。

織物職人のチサキは、仕事柄、仲買人や商人や職人の性分には通じていた。

個性の強い彼らは、氷を「熱い!」と言って面白がったりするが、話の筋はとおし、落とし所もきちんと弁《わきま》えている人たちである。だが、目の前にいる仲買人は、チサキの知るどんな人間とも違っていた。といって、詐欺師といった風体でもなさそうである。

チサキは茶を客人に出すなどして、イワーニャがミーナを連れてくるまでの間、居心地の悪いその場をしのいだ。

イワーニャのトラックは、エール川に沿った道路を東へと走った。

川に面する獄舎を過ぎ、薄日の射す麦畑を見送り、朽ちかけた寺院の近くに八、九軒の家がまばらに点在する景色が近づいてきたとき、イワーニャは、トラックの速度をゆるめた。

集落の奥まった所に、「白い木の柵で囲まれ、庭に井戸がある家」という聞いたとおりの石造りの平屋が建っていた。

トラックを降りたイワーニャの心臓が、早鐘をうちだした。

戸口に現れたミーナにイワーニャは、将校に遣わされた神妙な伝令の気分で、仲買人の来訪のことを告げた。

ミーナは、ギーノから譲りうけていた陶器の皿を木箱に入れて、トラックに乗った。しばらく黙っていたが、やがて、しっかりとした口調で話しはじめた。自閉症なのか、という最初の印象とはまるで違っていた。

「わたし、分かる人に持って欲しいの」

「その考えは甘いな。作品なんて、ひとたび仕上がれば作者の手を離れるんだ。誰のものになろうと、たとえ泥のなかに打ち捨てられようと、仕方のないことさ」

「それは違うわ。作品は作者の分身だから」

ふたりは黙って、耳に入ってくるエンジン音を聞いた。

ミーナは、窓からの眺めに見入りながら小声で言った。

「ここは、すてきな里ね」

「いい歳のとり方をしてる、って言うだろう。それだよ。この里は千年の歳月をかけて、いい歳のとり方をしてきたんだ」

「こんな里でずっと暮らせば、人だって、いい歳のとり方ができるわね」

ひとりの思うことが、すうっと相手の心に伝わっていく、そういう旧知同志のような会話のなかに、ふたりは入っていた。

「あなたも不思議な人ね。よく知らないのに、なんでも話せそうな気がする」

「何を言われても聞かされても、あまり頓着しないからかな」

ミーナは口元をほころばせ、ハンドルを握るイワーニャの無防備な横顔を垣間見た。

「わたし、八つのときに母を亡くして、そのあと継母に育てられたの。父も継母《はは》も、生まれてきた弟も、みんな優しくしてくれるんだけど……わたしにはやっぱり無理だった。だから、家を出たの」

「……」

「あなたは、この里で生まれたの？」

「うん。二十五年ほど前に親爺が死んで、一時は外国を放浪してた……。でも、お袋をほおっておけないから、里に戻ってきたんだ。去年、お袋は肺炎で向こうの世界に行っちゃったけど。『大変な世の中になったね、怖い世の中になったね』って言いながら」

黙って話に耳を傾けていたミーナに、イワーニャは訊いた。

「ピンザ長官って知ってる？　あいつが来てから碌《ろく》なことが起きないんだ」

「噂は知ってる……。確かに、ちょっと怖いわね」

イワーニャがピンザ長官の所業を話している間、トラックはエール川から遠ざかり、山里の細道を上っていく。

「会所には行ったことある？」

「チサキさんに連れられて何回か。あの人とても率直だから、一緒にいても気が楽なの。チサキさんて、面白いのよ。『子どもは、のんびりとゆっくりと育たなくっちゃね』なんてびっくりするほど早口で言ったりして」

チサキのことを知悉《ちしつ》しているイワーニャは、声を立てて笑った。

どんな話をしても、ふたりから笑いが転がりだす。

「市場で俺の帽子を拾ってくれる君を見て、自閉症の娘かな、って思ったけど、君も率直だよ」

「率直より、自閉症の方が当たってる」

ふたりは自然にあふれてくる優しさに包まれ、ミーナは、実母の死後味わうことのなかった深い安らぎを覚えた。

「わたしね、君はハラワタが千切れるような寂しさなんて知らない顔をしてる、って言われたことがあるんだけど……それは違うの」

「寂しさか……。俺だって、胸が底なしになって、そこを風がヒューヒューと通り抜けていくって感じになることがある」

イワーニャが男の孤独について語ろうとしている間に、トーゴの家が見えてきた。

納屋の前にトラックを止め、イワーニャは会所の戸を開けた。

「待ってたんだよ」

チサキはうれし気な声をあげ、トーゴも、解放された喜びを振りまきながらミーナに椅子をすすめた。

しかし仲買人のぬるっとした声は、部屋の空気を凍りつかせた。

「なんだ、小娘か。しかも赤毛じゃないか」

男は、底意地が悪かった。

〈いったい、この男はどんな育ち方をしたんだろう〉

心の奥でチサキは、むしろ男を憐れんだ。

ミーナは何も聞かなかったようすで、羽二重のような光沢を放つ白い綿に包まれた皿を三枚、おもむろに箱から取りだした。

仲買人の男を措《お》いて皆、箱から現れた皿の出来栄えに眼をみはった。

どの皿も、茶褐釉の掛かった伽羅《きゃら》色の地に、線の幾何学模様が赤、黄、緑の三色で絵付けされている。紅葉色に近い赤、銀杏の黄、そして目白《メジロ》の羽色の緑、その色合いの調和が、作陶の妙技により深い命を与えている。それぞれ趣味の異なる三人も、これらの皿を手にする愉悦が、自然を賞玩する喜びに勝るとも劣らなぬことを感じとった。

仲買人の男は、冷ややかな目つきで皿を手にした。

男が、皿の真価のすべてを見抜いたのか、何も見なかったのか、イワーニャには分からなかった。

「ギーノの銘が入っていないな。これじゃあ、何の値打ちもない」

挑戦的な男にむかって、チサキは応酬する。

「この何年か、ギーノが自分の作品に銘を入れようとしないことぐらい、誰でも知ってることさ。作品ってのはね、新しかろうが古かろうが、誰の作品であろうが、そんなことにはお構いなく、いいものはいい、っていう単純明快な真理の上に立っているんだよ。それを承知じゃないなら、お前さん、もぐりかい？」

男は、こめかみをぴくつかせて唾を飲み込んでから、粘っこく且つ居丈高に言い放った。

「絵付けの小娘は赤毛、貧乏な里人たちは獣《けだもの》も同然。これでは話にもならぬが、買ってやろう、と言ってるんだ」

会所の外で、トーゴの飼い犬のラフコリーが吠えだした。トーゴの孫たちが、学校から帰ってきたのだ。

犬の声が止んだとき、ミーナは急に立ち上がった。

『貧乏な里人たちは獣《けだもの》も同然』という男のひと言で怒りが炸裂し、ミーナは、一枚の皿を床に叩きつけた。仲買人へのミーナの無言の返事である。

無体な敵の手にわたるくらいなら、城を燃やしてしまわんとする城主さながらの振るまいである。

皿は、石の床に砕けてなお美しい躯《むくろ》を拡げていた。

皆の心は波立ちざわめき、部屋の中は静まりかえった。

ミーナは仲買人の男に目もくれず、何も語らず、決然と会所を出た。その後を、イワーニャが足早に追いかけた……。

やがて年が明け、雪まじりの山おろしの風が夜ごと唸った。

「いっしょに暮らさないか」

とミーナに思いを告げた夜、例年よりもふんだんに暖炉に薪をくべ、イワーニャは満ち足りた気分でいた。

暖炉の前で炎をじっと見つめていると、思い出は揺らめくように輪舞し、やがて、それはひと筋に並び、未来へと向かって流れていく。何かを空想するでもなく、ただ放心しているだけで笑みが浮かぶ。

三十八歳になったばかりのイワーニャは、時には自分をまだ若いと思い、時には自分をもう年だと思ったりしながら、どちらにしても人生はいとおしいものだと信じていた。

若さと老いの狭間にいるイワーニャにとって、愛とは、未来を呼ぶ感情、永遠を想起させる感情であった。

旧大陸を放浪中、ある美術館でイワーニャは、一枚の家族の絵から離れられなくなったことがある。リンゴやジャガイモの入った藁かごがいくつも置かれた田舎家の居間の光景のなかに、素朴でたくましい父親、慈愛あふれる母親、そして天真爛漫な幼子とむく毛の犬が描かれていた。イワーニャにとって、それは、この人生で望みうる最高の生活であり、理想の家族の姿であった。

爾来《じらい》その家族の絵姿は、イワーニャ本人の意識をこえて、心の奥に棲みついた。

長い間忘れていた理想が、現実という窓から初めて姿を覗かせたのだ。

ミーナ！　彼女とならそれが可能である。出会う前からの約束のように、望む人生がすぐそこに控えている！

しかし突然、その清らかな家族の絵姿を一変させる淫らな妄想が、抗しがたい熱の怒涛となってイワーニャに押しよせた。

やがて燃えさかる幻が離れていくと、イワーニャは自らに未来を約束した。

「俺は、もっと働こう」

思いの丈を男としてのひと言にこめ、さらに薪を暖炉に入れた。

週に何度かは山の手入れに行こう、水車をもっと増やそう、廃墟と化した寺院を再建しよう、春風が吹いて氷が融ける頃には賢者クシマに会いにでかけよう……と、取りとめない計画が浮かんでくる。

ミーナは確かに、首を横にふることなく「少し待ってね」と言ったのだ。

イワーニャは、春を、夏を、そしてミーナの返事を待とうと思った。

六

春の嵐のあと、オーミとイワーニャが水車の修理に出かけた日から、ひと月以上が過ぎていた。

雨季も迫ってきた頃、薄暮に飛ぶ蝙蝠《こうもり》の影のような不穏なうわさがたちはじめた。ピンザ長官が、市《いち》を禁止するというのである。

市の廃止は、多くの里人を失職に追いやることになる。銀行の取り付け騒ぎのように、里の大人たちは浮足立った。

会所で何度も寄合が開かれたが、はかばかしい結論とてなく、里人が持ち帰るのは、未だかつて味わったことのない無力感であった。

「俺は、望みを捨てはしないぜ」

右手の拳を何度も左の手のひらに打ちつけて、フーゴは、里の役員たちが去ったあと、絶望や不安や怒りの空気が漂いつづける会所の中を歩きまわった。

独り身のザックは蒼ざめた形相で、椅子から生えた背の低い木のように背中を丸めて座っている。

「いっぷく吸ってもいいかな」

トーゴは誰にことわるでもなく言うと、煙草の煙が会所の天井に向かって広がっていくさまを見つめて、もっとも気がかりなことを語りだした。

「もし俺たちが政府に対して意見を述べれば、彼らはそれを聞いているふりはするだろうが、怖いのはそのあとだ」

部屋全体を揺るがす、トーゴが言い淀んでいるひと言を、イワーニャは声に出した。

「電磁波ビーム……」

トーゴは、吸いかけの煙草を灰皿に押しつけた。

「君たちも知っていよう。ここしばらく、異を唱えた者はほとんどが心臓発作で亡くなっている」

トーゴはイワーニャから、イワーニャはオーミから、オーミはジンべから、ジンべは長官ピンザの側近から、電磁波ビームのことを聞き知っていた。

「でも、どうやって、ひとりの人間に狙いを定めることができるんだい？」

ザックの問いかけに、歩きまわっていたフーゴが足を止めた。

「衛星を使うんだろうな。それに家庭用のテレビにだって、連中からは見えるカメラを仕掛けておけるだろう」

フーゴが力説すると、どんな突飛な考えも事実めいて聞こえてくる。

ザックは、トーゴに尋ねた。

「どうにもならないんですか？」

「市の禁止は法律で決まったからな。これから何年かかけて国中の市を無くしてしまおうって魂胆なんだ。わしらの里は、真っ先に禁止地区に選ばれてしまったからな」

常にふざけた雰囲気のただようフーゴが、この時ばかりは五十年の人生の重みをのせ、まじめな表情でザックの正面に座りこんだ。

「いいか、ザック。それが、奴らのやり口なんだよ。民主主義っていう形式だけを使うんだ。実のところ、法案を作って制定するのは、奴らの息のかかった人間ばかりなのさ。いったん決めると、法律順守が何より大事と、法律を守らない人間を罪人として監獄にぶちこめるのさ。もし市を開いたりしたら、すぐさま監獄行きだ」

「じゃあ、どこで物を買えばいいんです？」

「そこが奴らの狙いだな。グロバ族の企業が店を開くのさ。市での交易は不衛生、グロバ族の農薬や保存料たっぷりの遺伝子組換え食品は衛生的という名目でな」

「そんな食い物は不味《まず》い上に、体にも悪いんだろう？　里長、なんとか俺たちの意地を見せてやりましょうよ」

ザックは、フーゴの横に座っていたトーゴに援軍を求めた。

トーゴは多くの意地を無くしたあと、なお食い意地だけは張っている我が身を内心恥じつつ、チサキが置いていった焼き菓子に手を伸ばして頬《ほお》ばった。

「そうさなぁ」

ザックの求めには、曖昧に応えるだけのトーゴである。

少年時代、ザックの眼に映ったトーゴは、里人の誰にもまして大きな存在であった。敏腕な大工の棟梁にして、男盛りの自信に溢れた里長だった。たった二十年で、人はこれほど変化するものだろうか。街や村ばかりではない、人こそが、移ろいゆく……。殊にこのひと月の間にすっかり気が弱くなってしまったトーゴの変わりようは、痛々しいほどである。心もとない老爺になり果てたトーゴの姿を前に、青年ザックの胸にはよるべない淋しさが広がった。

「外国は助けてくれないのかなあ」

しばし口を閉ざしていたイワーニャが、ザックを動揺させまいとして、やさしい話しぶりでオーミの体験を聞かせはじめた。

「この前の政変が外国でどう報道されたか、これは、俺の知り合いが実際見聞してきたことなんだがな。独裁者である先王がクーデターによって処刑され、国は民主化されて民衆は喜んでいる、って報道されたんだ。分かるか、彼らは、国をまたがる交易も報道も自由に操れるんだ。それが、彼らの唱える自由主義だ。そして、一般民衆は手足をもがれていく。外国の助けなど、夢のまた夢だ」

ザックは閉ざされた未来に背をむけ、昔の思い出にかえって言った。

「先王の頃は、学校も家の暮らしも毎日が楽しかったよな」

郷愁をそそられたトーゴの声も、しんみりとした。

「あの頃は、みんな心配事もさほど無かった……賢帝による政治が理想かもしれぬな」

「でも里長、欲深で愚かで残虐な王なら、その政治は最悪でしょうね」

「それもそうさなぁ、ザックの言うとおり、ひどい王を持つ民は悲惨なものだ」

皆が押し黙り、日暮れ間近なうす暗く重い気配が会所をおおった。

イワーニャのよく透る声が、その分厚い空気の垂れ幕を押し開いた。

「あるよ」

瞳を輝かせているイワーニャに、フーゴは、大きな身を前にのりだして訊いた。

「何があるんだ、イワーニャ」

「手立てだよ。俺たちは、形が崩れると、何もかも失ったかのように思ってしまう。でも、形が崩れ去っても、残っているんだよ」

「……？」

「形が担っていたものさ。市場が担ってきたのは交易だろう。だから、どんな風にでも交易をつづけていけばいいんだ」

「なるほど、そうか」

トーゴとフーゴは、同じように口をそろえて意気込んだ。

「家の裏庭あたりを使えばいい。何軒かを選んで、市《いち》の機能を分散させればいいわけだ」

イワーニャの考えをはっきりと聞くと、ザックの顔にも血の気がもどってきた。

ようやく、会所の雰囲気もなごんできた。

「場所も日数《ひかず》も多くなれば、手間もかかって面倒だが、ならぬ話ではないな。里の役員たちには、わしが掛けあってみよう」

トーゴは立ち上がり、足運びもしっかりと、裏の戸口に面した勝手に向かった。

水屋から取りだした古いグラスを皆の前に並べ、赤ぶどう酒を注ぎ、

「生きているかぎり出来ることをし続けようぞ。まずは乾杯といこう」

と音頭をとるトーゴは、何よりも己の士気を鼓舞せんと剛気を示して言い放った。

トーゴの眼には、里長である自分の無力を皆にすまないと思う涙が滲んでいたが、その涙に気づく者はいなかった。

七

その治世を誰しも懐かしむ先王に、イワーニャは一度だけ会ったことがある。

父親が山の見まわり中にリフトの事故で墜落死してから半年後の、夏の日のことである。

母親同士が従姉妹であったので、オーミは、イワーニャを慰めようと王宮に招待した。

シャツに絽《ろ》の上着を羽織り、王宮を案内する青年オーミの顔には、何処かあどけなさが残りながらも、その身には、すでに泰然とした気風がそなわっていた。

「わたしも十代で母を亡くしたから、君の辛さがよくわかるのだ」

宮殿の広場から建物のなかへと歩みを進め、大広間や接待の間《ま》を過ぎて、ふたりは、王宮の者たちからは単に館《やかた》と呼ばれている王家の人々の住まいに向かった。

館は、歳月を経て飴色になった檜《ひのき》の柾目の廊下でつながっていた。大勢の人々の記憶のしみたその長い廊下は室内の一部で、片側は壁面、もう一方は、中庭の景色も楽しめ、出入りもできる作りりである。

春秋に催される王家所蔵の美術工芸品の一般公開にも決して姿をみせることのない宝物が、館の中二階に保管されている。その中に、王がもっとも心惹かれるという一枚の山水画があった。旧大陸の李の一族出身の絵師の手になるもので、水にけむる瀟湘《しょうしょう》を描いた十二世紀の作品である。オーミが、父王にお願いするからその絵を見てみるかと尋ねたが、まだ喪中だからとイワーニャは断った。

風が運んでくる潮の香りが、館の中庭に降りたイワーニャの鼻先をかすめていく。

夏の日差しを浴びた中庭には、音の届かない水底のような静寂が広がっていた。

「静かだね。……使用人たちは、どこで暮らすの？」

「宮殿にも館にも、それぞれ使用人のための部屋がある。王宮を贅沢だと思うかい？」

「……」

「これでも、外国の王宮と比べると規模も小さくて、質素な方だと父上が仰っていた。王宮というのは防塞の要《かなめ》で、外国に対して威容を呈することも、今もってその役目のひとつらしい」

オーミは館に入る前に、さらに奥の庭の方へとイワーニャを導いた。

奥庭は、王宮の敷地の半ばを占める広大な空間である。宮殿に泊まる客人たちの部屋からは、自然林を象《かたど》った庭の木々や池や花々を愛でることができ、それは、異国人の心を和らげることで国防にひと役かっていた。

宮殿の裏手の扉をあけると、そこには、鐘楼へと通じる螺旋階段があった。

「この階段をのぼっていくと、ほら、あの鐘の塔に近づけるよ」

オーミが嬉し気に言うのを聞いて、イワーニャにとっても、急に王宮が身近に感じられた。

朝夕に鳴る鐘の音は、市街地を超えて、時には盆の里まで響いてくる。

「この鐘の音には、光が溢れているな」

イワーニャは、鐘の音が聞こえるたびにそう言っていた亡き父の声を思い出しながら、薄明りの射す階段をうかがった。

鐘楼につづく上方から、淡い光がもれている。イワーニャの視線はその光からゆっくりと離れ、階段をすべり降り、昇り口の浮彫《レリーフ》のうえでぴたりと止まった。

苦悶とも歓喜ともつかぬまなざしを天に向かって投げかけ身をよじる少年の姿が、石版に彫られていた。その下には、『鐘を造った少年』と金文字の銘が刻まれている。イワーニャは一瞬はっとしたが、その軽い驚きは、イワーニャ自身が受け止める間さえなく、無意識の深い井戸のなかへと消えていった。

ふたりは塔から遠ざかり、紫ツメクサなどの野草が咲く草地に向かった。

前方の池の辺りに、うす紅の大きな花をつけた草芙蓉が色も鮮やかに群生していた。その近くで、草引きをしている男の影があった。ジンべである。

オーミが盆の里にある母親の実家に来るときは、決まってジンべを同行したから、イワーニャも小さい頃からジンべをよく知っていた。

ふたりの姿を認めて会釈したジンべに、イワーニャは親しげに手をふってから、深いお辞儀をした。

奥の西の庭園で、古い欅《けやき》の大木が緑の葉を豊かに茂らせていた。オーミはイワーニャに、この欅を見せたかったのである。

オーミは、愛おしげに樹を見あげて言った。

「この樹は四百年生きてきたのだ。われら人の一生なんて短いものだ」

黙ったままのイワーニャに代わり、頭上で、鳶《とんび》がゆっくりと優雅にひと鳴きした。

里で聞きなれていた鳶の鳴き声に、イワーニャは王宮に来てから初めて笑顔を見せた。

ふたたび、ふたりは館の方へと向かった。

石材が主に使われている宮殿とは趣をかえ、館では、楢《なら》、胡桃、檜といった木材が、天井や欄干や床にふんだんに使われていた。館を一巡してから、ふたりは居間に腰を落ちつけた。

木の設《しつら》えの多い居間は、盆の里に生まれ育ったイワーニャにも馴じみやすかった。

土壁が外気の高温を防ぎ、思いのほか室内は冷やりとした。

庭を気に入ったかと尋ねるオーミに、

「里の景色には及ばないけど……」

とイワーニャが答えかけたとき、思いがけず王が姿を現した。

普段着らしい薄手の白い背広を着た王は、いかにも大きな魂を宿しているといった長身痩躯の体をゆっくりと折り曲げて、イワーニャの前に座った。

空《そら》を映し出したような瞳のせいだろうか、イワーニャは、尊くて清い存在を生まれて初めて目《ま》のあたりにしている、との強烈な印象を受けた。

市街地の人も里人も、息子のオーミでさえも、その瞳の色はおしなべて茶色っぽい。いくどか見かけたことのある青や緑めいた瞳も、これほど澄んではいなかった。

〈この人は、何処から来たのだろう?〉

イワーニャの内なるつぶやきを、王は聞きとった。

「わたしの母は、旧大陸の生まれなのだ」

王は、オーミの母親の面影を縁戚の少年に見いだそうと、宮殿の執務室を抜け出してきたのである。

〈似ているといえば似ている……この落ち着いた曇りのない雰囲気は、たしかに彼女と同質のものだ〉

今は亡き最愛の女性への想いを秘めてイワーニャを優しく見つめる王に、イワーニャは、この上もない親近感を覚えた。

窓から流れくる風にイワーニャの汗も乾きはじめた頃、若い給仕が茶を運んできた。

頭をさげて部屋を出ていく給仕を見送ると、イワーニャは、

「この世は不平等です。王もいれば、物乞いもいます」

と、声変わりの時期に特有の風を引いたような声で、唐突に切りこんだ。

しばし眼を閉じて、王は、遺言のようにひと言ひと言に注意を払いながら言った。

「人は、らしく、あれば良いのだ。王は王らしく――な。らしくある、というのは、ふりをする、というのとはまるで違うことぞ。貴族や長官である者より、物乞いである者の方が、はる

かに神に近いこともある。人の幸不幸や心の輝きは、見かけでは判じがたいものなのだよ」

イワーニャは、口をとがらせたまま
「あなた様は、自らが王であることに誇りを感じておいででしょう。けれども物乞いが、どうして物乞であることに誇りを感じられましょう」

と、なおも詰めよった。

「君のいう誇り――それが、もし競いあいのなかで生まれるものならば不要であろうし、もし天地に対してのものならば、それは万人が持ちえよう。知っているかね、僧の地位が上がるほどに灌所《かんじょ》の掃除をする修行もあるのだよ。それに幸いなことに、物乞いも浮浪者も減った。……王であれ物乞いであれ、人としてあるべき生きざまに変わりはないのだ。いつか君にも分かってくるはずだ」

王は、慈愛に満ちたまなざしを、イワーニャに注ぎつづけていた。

この時イワーニャは、聡明な君主として名高かった先王の心髄にはじめて直に触れたのである。

王宮の静けさ、夏の陽光、王の瞳や深い声、それらは、イワーニャの心に神殿ともいうべき聖なる空間を形作った。いつか君にも分かってくるはずだ、そう言った王は、今はもうこの世にはいない。無数の人々が、どこに行くのか、どこに行ったのか、誰ひとり告げぬまま姿を消してゆく……。

八

雨がしばし止み、山の端《は》にかかっていた霧が里の方まで下りてきそうな朝だった。

オーミの家の階段を、急いで上がる足音が響いてくる。

昔からの里人の慣習にならい、オーミも家の鍵をかけずにいた。

玄関の呼び鈴が鳴ってもオーミが応じないときに、オーミの部屋まで来るのはイワーニャだけである。イワーニャは、オーミがジンベと落ち合うのが今日であることを知っていた。

足音を聞きつけたオーミは、寝台から身を起こした。

「早すぎたかな」

「ちょうど起きる時間だ。今日も雨なのか？」

「いや、止んでるよ。霧だ。昨夜から冷えたからな」

オーミはカーテンを明け、霧にかすむ景色を眺めた。

「塔が見えないな」

天気の良い日には王宮の塔を見ることから、そうでない日には、塔を心に浮かべることから一日を始めるのが、ここ何年かのオーミの慣わしだった。

「今日は午後からなんだ。ジンべと会うのは」

「お願いがあってね。市《いち》が禁止されるのは君も知っているだろう。里人たちは、家の裏庭をつかって交易は続けていこう、ってことになったんだ。それが果たして可能なものかどうか、危険ではないかどうか、ジンべにそれとなく調べてもらいたいんだよ」

先王に仕えていた者の多くは王宮を離れていたが、王宮の事情に詳しい執事などは、グロバ族にとっても重宝なので、いく人かは王宮に留まっていた。ジンべは、そういう人たちから、ピンザ長官周辺の内情を聞き知るのである。

「難しそうだが、ジンべに聞いてみるよ」

オーミが家を出るころには霧も晴れ、何日ぶりかの太陽が、いく層もの雲の間から顔をのぞかせた。

土の窪みに泥濘《ぬかるみ》がのこる道をゆっくりと車を走らせ、オーミはイワーニャの頼みを反芻した。里人たちの追いつめられている事情が、オーミにも理解できた。

〈それにしても……〉

オーミの思考は、いつも同じ地点に向かっていく。

〈あれほど慎重な父上が、なぜ政変の憂き目に会われたのだろう？〉

ジンベの話によれば、王宮に入りこんでいたグロバ族の者がいたとのことだった。彼らは暗に仲間を侵入させ、いく世代にもわたり相手の信頼を得ることで、狙いを定めた国の内部へと入っていく。

誰がそのグロバ族の者だったのか、往時の側近や使用人がほとんど居なくなった今となっては、知る由もない。

真実を知る者こそ口を閉ざすのが常だから、真相は闇の彼方である。

誰の目にも明らかなのは、街中が寝静まったある深夜、突然降り立ったパラシュート部隊が、王宮と市街地の要所をまたたく間に占拠した、という事実だけである。先王は捕縛され、外国では、「独裁者の王が処刑され、国は民主化されて民衆は喜んでいる」と真しやかに報道された。

そのニュースを異国のテレビで聞いたとき、オーミの体を驚愕と怒りの爆風が走った。

その日からオーミは、もはやかつてのオーミではなくなった。

変わらずあるのは、先王の光輝を示す内なる羅針盤だけである。

その羅針盤の針の動きを同じくするジンベが、いつもの待ち合わせの信号の角にいなかった。十分ほど待って相手が現れないときは、翌日の同じ時刻にふたたび落ちあうという申し合わせになっていた。あるいは、特別な折にはメモを石切り場に置いておく。

オーミは明日また来ようと思って、車の向きを変えた。

鉄塔の建つ公園の跡地で、ベンチに座った女の子が泣いていた。

車を近づけてみると、紺のスカートに半袖の白いブラウスという学生服を着た、十五、六歳くらいの女学生である。辺りには人通りも少なかったので、オーミは車から降りて、泣いている理由を女の子にたずねた。

「スマートグラスを掛けたくないの」

「スマートグラスって？」

「メガネみたいなもので、それを付けると、先生が教えたい内容がすべてグラスに映るの。でも窮屈だし、目も痛くなるから、スマートグラスは掛けないって言うと、先生も生徒もみんな私を苛《いじ》めだしたの。こんな便利なものを使おうとしない人間は、進歩しつづける社会を生きていく資格がない、って……わたし、なんだかロボットにされていくみたいで……」

オーミは、公立学校で義務教育を受けたあと、帝王学の柱である天文学や言語学、それに習字や音楽などを専属の個人教師から学んでいた。

学校生活には牧歌的な思い出が多かったから、女の子が学校で苛められていると聞いて、グロバ族の統治に今さらながら胸が痛んだ。

「夏休みではないの？」

「明日から」

「ここで誰かを待っているの？」

涙が乾きつつあった女の子の目から、涙があらたに溢れだした。

「叔父さんの迎えを待っているの」

「ご両親は？」

女の子が黙りこんだので、女の子にとって最も大事な問題がそこにあると分かった。

女の子にそれ以上なにも聞かないでいると、女の子の方からぽつぽつと語りだした。

ともに教師をしていた両親は、二年前の春に小さな弟だけを連れて市街地を離れたらしい。

生徒たちの苦しみや悲しみに対して向きあうよう校長に求めるたび、

「あの子たちの苦しみや悲しみには科学的根拠がないから対応できない」

と突っぱねるだけの校長の態度に、ふたりは教職を離れる決心をして盆の里に移り住んだという。

「父さんは言ってた。『彼らは科学的根拠っていう謳《うた》い文句を逃げ口上に使うことが多いんだ』って。中世の時代には、宗教によって人々が支配されたように、現代は、科学思想によって人々は支配されているんだって。父さんも母さんも『夏に迎えに来るから』って言ってたんだけど。……私ひとり、叔父さんの家で待ちつづけているの」

市街地の学校には、学年暦が四月に始まる学校と九月に始まる学校がある。

夏の学年末まで女の子の引っ越しを待とうとしたことが、思わぬ事態となってしまったのだ。

ピンザ長官が赴任してから、グロバ族の役所や企業で働く者以外の移住が難しくなったのである。

「叔父さんは優しくないの？」

「叔父さんは悪い人じゃないけど、決して本心は言わないの。叔母さんは、わたしの他に誰もいないときには本音を言ってくれるけど……どうしようもないわ」

〈この女の子を盆の里に呼び寄せるのは、今では不可能に近くなっているのだろう〉

慰めることもできないで、せめて花でもあげようとオーミは辺りを見まわした。

コンクリートの割れ目に生えた猫じゃらしが、ときおり吹く風にそよいでいるだけである。

数年前まで公園にあった色鮮やかな花々は落とす影さえなく、太陽の光が空しく灰色の地面を照らしていた。

しばらくして、使い古したトラックが、オーミの車の後ろに停まった。

青い作業服を着た背の低い中年の男が、トラックから降りてきた。

「行くよ」

声を荒げて呼んだ男に、それでも女の子はどこかほっとした面持ちでついていった。

女の子の言ったとおり、その男は悪い人相ではないが、ひどく疲れている様子がオーミにも見てとれた。

九

彼方で雷鳴がとどろき、大粒の雨が窓をうち出した。

雨音でうたた寝から目を覚ましたチサキは、その日まだ郵便受けを開けていないことに気がついた。

毎日、息子のユーマからの便りを期待して郵便受けをのぞきこんでいたチサキだったが、この数か月の間ひとつの便りもなく、もはや何の期待もせずに郵便箱を開けた。

手の先に封筒が触れ、懐かしい息子の字を見ると、ゆるくなっている涙腺から涙があふれた。雨の中、広げた傘の真ん中に手紙をかかえこみ、部屋にもどるや息せき切って封を切った。

手紙の書き出しは、ユーマらしく単刀直入である。


母さん、覚えていますか。いつか母さんは僕に言いましたね。「ユーマ、お前は、しなやかにしたたかに生きていけばいいさ。でも自分を偽ってはいけないよ」って。自分を偽らなければ、とても現在《いま》の市街地では暮らしていけません。朝起きて、髭を剃ろうと鏡を見れば、僕の顔もだんだん無表情になっていくのが分かります。自分の本当の心から顔を背けていると、無表情になっていくのです。

グロバ族による一元支配は着々と進んでいるようです。孤独死の防止という名目のもとに、冷蔵庫の開け閉めのようすまで、無線で中央管理センターに送られていきます。僕が恐れるのは、市街地の大半の人々が、そうしたグロバ族の政策を「進化である」と思い込んでいるということの方なのです。目を見開いてよく見てごらんよ、自分で感じてごらんよ、と言っても人々にはもはや通用しません。教科書とテレビで知らされることが何よりも真実であると信じているのです。まるで、催眠状態です。十数年ほど前、毎日のようにスカイトレイルが空に現れて、盆の里人たちは「何だ、あれは」ってびっくりしましたよね。奇妙な臭いが空気中に漂い、撒く成分の実験中だったのか、何日かの間は鳥たちもたくさん死んだので、里人たちにはスカイトレイルの正体が分かったのです。自分の目で見て感じたから、分かったのです。市街地の人は、スカイトレイルのことなど知りません。自分たちの頭上で何が起きているかなど知ろうともしないのです。たとえば僕のこんな説明も、大抵は幽霊談と同じにされてしまいます。

「飛行機雲よりはるかに太くて長い帯状のような白い跡が空に浮かんでいれば、それがスカイトレイルだよ。十年ほど前のフィルムを見れば、いっぱい写っているから分かるはずだ。それは、気象操作や通信のコントロールを担っている」

今では、スカイトレイルも姿の見えにくい飛行機で作られるうえ、イーナリ国の空の管轄機関も代わり、降雨の前日などに現れる程度になっていますから、市街地の人々にはスカイトレイルの話がなおさら理解しづらいのでしょう。

人も不自然ならば、自然さえ狂いかねないこの時代、感受性が豊かで思慮深い人間は、早晩いなくなってしまうかもしれません。奴隷ロボットみたいな人間ばかりが闊歩する、そういう悍《おぞま》しい絵図が僕の頭から離れません。異常なことを異常であると、もはや人々が感じなくなっていけば、この世界はどうなっていくのでしょう。

人々の生活の質ではなく経済活動の数字を主眼とする社会は歪んでいる――この僕の持論を、母さんはよくご存じですよね。

歪んだ現代社会のなかで機械のようになること、グロバ族の利益のために働くこと、そういう無体を強いられつづけ、心ある若者たちは、辛い日々を送っています。

僕としては、先日、友達がひとりできたのが救いです。驚かないでくださいよ。グロバ族出身の若者です。お互いに話がかみ合って、議論できる面があるのです。彼はポケットフォンを持っているとその電磁波で頭痛がしたり、眩暈《めまい》がしたりするらしく、それがきっかけで現代社会について考えるようになった、とのことです。彼の親戚のおじさんが、人口問題を扱う機関のソーマクラブで働いていたこともあって、彼が聞き知っていることには興味をひかれます。地球規模で増えつづける人口にどう対応すべきかという問題は、先進諸国の少子高齢化などよりもはるかに重要なのだと彼は言います。この問題は深刻なので、現代社会の権力者のなかには、人々を大幅に駆除すべきだという危険な考えの持ち主もいるほどだとか。

ああ、ひとつ書き忘れていました。盆の里でも「市」が禁止されるということは、母さんもすでに知っておいででしょう。あの命令を出したのはピンザ長官だと思っていましたが、長官もまた命令を受けて布告、実行しているのだそうです。前の長官は、自らの良心的な判断を政策に反映しすぎて失脚したのだ、と彼が教えてくれました。いつの頃からか、会社は株主のものだって言われるようになりましたよね。その株主のなかの大株主にはどんな人々がいるのか、長官自身も知らないそうですが、長官に命令を出す者に対して命令を下している人には大株主が多い、と彼が言っていました。

いずれにしても、事実は往々にして曲がって伝わるものです。

この世界に彼らが何をもたらそうとし、何を実験しようとしているのか、僕は、その実験のあらまし、行く末を自分の目で見てみたいのです。僕の人生も彼らの実験の手の内にあるということを意識しながら。

いつしか冥護《みょうご》の力を得て、人々の表情がよみがえり、市街地がふたたび緑の美しい街になっていく……そんな日を夢見ている若造、ユーマより。

追伸 電子メールの内容はつぶさに管理センターに送られますが、僕のような一般人の封書の検閲はまだ手抜きされているようなので、封書にてお便りします。

手紙を折りたたみながら、あの子は元気でいる、とチサキは確信した。小さかった頃に「太陽が好き、雨も好き」といつも言っていたあの子は元気でいる、と。

奉技団の面々にもユーマの手紙を見せるべきか、チサキはしばしば迷ったが、〈手紙や日記を勝手に第三者に見せるのは、いやしい所業に違いないさ〉とチサキは自分を納得させ、息子の古着が入っている箪笥の奥に、ユーマの手紙をそっと仕舞った。

十

雨季が明けると、大人たちの不安をよそに、里は、川遊びをする子供たちの歓声でにぎわった。野は、光をたっぷりと吸い込んだ緑にきらめき、蟬の声や空を舞う鳶《とんび》の鳴き声が、切れ間もなく林をおおった。

例年と変わらぬはずの夏の光景が、しかし少しずつひび割れつつあることを、里人たちは知っていた。

あちらこちらで道路が舗装され、スピードをだして走る車が増えだした。とりわけ、山すその湧き水を輸送するトラックは、否が応でも目についた。

盆の里の湧き水や伏流水は「医者いらず」と言われるほど体によく、材木とともに、かつては国庫と国民を潤す貴重な輸出資源であった。だが今や、その専売権を握るのは、グロバ族の企業である。

湧き水の輸送トラックを見れば、「おーい」と手をふって見送るのが誇らしかった子供時代の記憶をもつ大人たちは、石を投げつけたい衝動をおさえながら、グロバ族企業のトラックを苦々しげに見やった。

誰より彼より、グロバ族のトラックが我がもの顔に走るさまに胸を痛めていたのは、オーミである。

ジンベの返答をイワーニャに告げた帰り、農夫さながらの出で立ちのオーミは、すでに一時間あまり歩いていた。慣れ親しんできた野道も知らぬ間に舗装され、歩けば歩くほど心からも体からも喜びが失せていく。グロバ族のトラックや、目に見えぬ四方から聞こえてくる工事の騒音など、いたるところで邪《よこしま》な魔法がかけられていく心地がした。

歴代の王が、五百年以上にわたってグロバ族を警戒しつづけてきた理由を、オーミはようやく我が身にしみて理解しはじめた。

……十五年前、オーミが国外に旅立つ前日のことである。

「コノーの事変の謎を解かねばならぬぞ」

と、それまでにも何度か先王はオーミに漏らしていたが、先々への予感からなのか、王位継承者の嫡子に伝えるべき一子相伝の秘史を、先王は、庶子であるオーミにも打ち明けた。

コノーの事変は、さかのぼること凡そ四百年、国中を武力制覇した将軍が側近の重臣の反逆によって果てたと伝えられている乱である。コノーの地に将軍の陣が敷かれたとき、なぜ、側近が謀反にいたったのか、なぜ、将軍は事変の当日の衛兵や従者を少なくしていたのか、それらが謎のままなのだが、流布されてきたのは、その重臣が横暴な将軍にとって変わり天下を治めようとした、というもっともらしい筋書きである。

オーミは、聞かされた真相におどろく以上に得心した。

将軍と、謀反人となった重臣は、グロバ族の侵入から国を守るために、国民をも歴史家の想像力をもあざむいて、王家の意向をうけて大芝居を演じきったのである。

当時、国内の統一に向けて、グロバ族の知識や文物や武器を求めていた将軍は、交易のためにグロバ族を優遇し、いつしかグロバ族と抜きさしならぬ関係に陥ってしまっていた。地方豪族のなかには、グロバ族の配下となることで己が地位を高めようとする有力者もいた。こういう局面を変えるべき時、よく使われる手は偽装死であるが、単なる病没という偽装死では、次の将軍もまたグロバ族によって引かれる同じ轍《わだち》を踏まざるをえない。謀反という権力の転覆と秩序の崩壊をもたらす乱が必要であったのだ。

秘史を明かしたあとで、先王は言った。

「オーミ、油断するでないぞ。グロバ族との長きにわたる抗争は、生やさしいものではない」

〈父上は、油断めされたのだろうか？〉

オーミは、胸に浮かんだその疑問を否定した。

防ぎきれない力が押しよせ、今の事態を招いたのだ。

領土を奪い、金品を強奪し、婦女を辱める、といったかつての戦争の形態は、野道の奥まで入り込み他国の資源を持ち去るグロバ族の企業のトラックへと、その姿を変えている。

〈誰にこの流れを防げよう〉

里人たちは、知恵を武器としてグロバ族の魔の手から自分たちを守ろうとしている。イワーニャは、その中心のひとりである。友をたくましく思うかたわら、夏の太陽は、オーミの不安をじりじりと黒く焼く。

「……裏庭を市場として使ってもしばらくは大丈夫でしょう。連中は、家の中まで足を踏みいれることはしないらしい。何かを表だって仕掛けるときには、その行為の正当性を裏づける大義名分を作るのが彼らの流儀。ですから、彼らが口実を作りはじめたなら、その先回りをなさいませ」

ジンベの言を信じるかぎり、さしあたって里人は無事である。

〈だが、いずれ……いずれ、どうなっていくというのだろう〉

丘の斜面に建つ侘び住まいの我が家が近づくにつれ、オーミは父王ゆずりの薄い唇をかみしめ、自らの無力さに地団駄をふんだ。

路面に目をやると、少し先に、細い縄のようなものが動いていた。

炎天下のアスファルトの熱にのたうっているシマヘビである。

オーミはこれまでヘビを見かけることはあっても、見て見ぬふりをしてやりすごすだけだった。しかしこの時、アスファルトの道路の上で身もだえするヘビの姿から、里人やオーミ自身の心の苦悶が透けて見えた。

オーミは路肩から段差をおり、草地に入って棒切れを見つけ、その棒にヘビを器用にからませると、棒をひと振りした。

ヘビは、ひらりと草地に落ちた。

ヘビが動きだすのを見とどけたオーミは、はるか昔にエール川の岸辺だった野原を歩き、羽虫の飛びかうなかを丘へと向かった。

十一

どこからともなく飛来した二羽の白鷺《しらさぎ》が、干上がった川の浅瀬で餌をついばんでいる。

白鷺を見つけたミーナは、わき上がる喜びに自転車のペダルを踏む足に力を入れた。

最後に雨が降ってから、ミーナは市が立つごとに出かけていた。

ミーナばかりではない。里人の老若男女が、八月いっぱいで閉鎖される市場との別れを惜しみ、聖地へと向かう巡礼者さながら足しげく市場を訪れた。

自転車置き場には空きがなく、ミーナは、衣類をあつかう店のテントの脇に自転車を停めた。

下着売り場はいちばんの盛況で、女性たちは下着のひとつひとつを手にとって、手触りや表示の札に記されている素材を確かめたりするのに余念がない。

その人だかりのなかに、ひときわ熱心に生地を見ているチサキがいた。

ミーナは近づいて、チサキの肩にそっと手をおいた。

「ここのところ、わたし毎週来てるのよ」

「あたしもだけど、会わなかったわね。でも、これだけ大勢じゃあ、顔を合わせる方が珍しいよね。……息子のユーマに厚手のものを送ってやろうと思ってね。今はまだ暑くても、あっという間に秋から冬になっていくからさ」

「検査は大丈夫なの？　近頃は物も送りにくい、って聞いたけど」

「こんな下着、検査する役人だって見向きもしないだろうよ」

「ユーマは楽しみな青年ね。好青年よ」

ミーナは、会所で一度ユーマを見かけたことがあった。

「昔はね」

と言うチサキの目が和らいだ。

「今は何を考えているんだか、すっかり変てこりんになっちまって……」

半ばうれしげに息子の愚痴をこぼすチサキは、「変てこりん」と言った口をしばし閉じた。

つい先ほど市場で行き合ったばかりのマーゴの姿が、脳裏をよぎったのである。

「ねえミーナ、人間ってびっくりするほど変わったり、いやって言うほど変わらなかったりするけどさあ、結局どんな時だってその人を支えたい、って思えるかどうかなんだよ」

「イワーニャとのこと？」

「別に誰とのことってわけじゃないけどね。まあ、イワーニャは大丈夫だけどさ。昔のうちの亭主なんかは町育ちで外面《そとづら》はいいのに、家のなかでは他人の悪口しか言わないような男でね。我慢の限界でさっさと離婚したから、ユーマにも貧しい思いをさせちまって。物事は十中八九、かなたよければこなたの怨み、って具合だねえ」

独り暮らしのチサキは話し相手をみつけると、ここぞとばかり話に夢中になり、いきおい話が長くなる。

急に、チサキの表情がこわばった。

理由を知ろうとふり向きかけたミーナを、チサキが制した。

「後ろを見てはいけないよ。サングラスをかけた男がこっちに向かってるけど、あれはグロバ族の男だからね。偵察だか何だか、最近よく市にやってくるんだよ」

ふたりが黙って商品のならぶ棚に視線を落としている間に、男は通りすぎた。

買い物をすませたチサキとミーナは、市の立つ広場から集落へと向かう道を歩きはじめた。

いつの間にか日はかげり、蜩《ひぐらし》のもの悲し気な鳴き声が聞こえてくる。

自転車を押しつつ、ミーナがゆっくりと訊いた。

「あの人たちのお店、できつつあるんでしょ？」

「グロバの奴らのかい？　九月には店開きするらしいね」

「みんながイワーニャたちの用意する隠れ市を使ったら、お店に行く人もあまりいないでしょうに」

「トーゴやイワーニャたちも、それを心配しているようだね。これは変だってことで、隠れ市が連中に気づかれないかって。……多少は、連中の店でも何か買うはめになるだろうね」

チサキは、会所の外では、里長のトーゴを親しげにトーゴと呼ぶことが多かった。

「あっちで買ったりこっちで買ったりするお金、みんな持っていないでしょう？」

「それなんだよねえ。ああ、いやだねえ、グロバ族がやってきてから厄介で面倒なことばかり増えちゃって。ユーマが去年言ってたんだけど、外国ではグロバ族のお金って数字だけなんだとさ。じゃあ勝手にいくらでも増やしたり消したりできるのかい、って聞くと、そもそも幻想であるお金の本質的価値は信用に依拠しているから、とかなんとか訳のわかんないことばかり……。あたしなんかは、十リン硬貨を手にしたときのような感触がないと、信用なんてあったものじゃない、って気がするけど」

「みんなでなら、何があっても切り抜けられるわよ」

「そうだねえ。でも正直なところ、みんな辛いんだよ。千年も続く盆の里が消えてしまいそうなんだからね。『国破れて山河在り』って詩があるけどさあ、グロバ族の思いのままだと『国破れて山河無し』だものね。ミーナ、あんたなんかは若くてこれからだけど……」

チサキのついた大きなため息は、カナカナと鳴く蜩の声にかき消されていった。

ミーナは前方を見つめ、チサキに歩調をあわせて自転車を押しつづけた。

十二

ミーナの人生設計は、慎ましやかなものだった。自分の力でなんとか糊口をしのげれば、それだけで満足なのである。

結婚によって幸福になりたいと願ったこともなく、ミーナにとって結婚とは、できれば避けたい人生の障害物のようなものであった。

ある教典の、「金持ちが天国に入るのは、ラクダが針の穴を通るより難しい」という文言を見るにつけ聞くにつけ、二十歳の頃のミーナはこう思った。

〈わたしが結婚を決めるのは、ダチョウが空を飛ぶより難しいわ〉

ところが、イワーニャの申し入れに、ミーナは結婚を決意した。

ミーナの貝の心を開いたのは、イワーニャへの愛がやがて途方もなく深くなっていく、という予感だった。イワーニャの世界と自分の世界が溶けあって、もっと大きな世界へと運ばれていく、という予感である。ミーナは、理屈も計画もなく、唯ふつふつと湧いてくる自らの予感にしたがったのである。

思い返せば、あの美しい秋の朝、風に吹きとばされたイワーニャの帽子を拾ったとき、すでにミーナはイワーニャのパナマ帽に親しみを感じていた……。

市場でチサキと出会った日の深夜、ミーナは鮮やかな夢をみた。

イワーニャがミーナの亡き母とうれしげに向きあい、その周りを白い鳥が悠然と飛んでいる夢である。

ミーナの寝顔はかすかに唇をひらき、幸福そうに微笑んでいた。

翌日、市で買ったばかりの黒パンとサラダ、それに卵という朝食を終えたミーナは、イワーニャが生まれた盆の里、これからも自分が生きていく盆の里の風景をもっと知っておこうと、自転車に乗って遠出をした。

親戚に不幸があったといって出かけた親方のギーノが戻るまで、ミーナも休暇中だった。

市の立つ広場に自転車をとめ、ミーナがイワーニャを想っていたちょうどその頃、イワーニャは海岸通りのトンネル道を、愛用の軽トラックで走っていた。

漁師たちとの商談がまとまった帰り道だった。漁師たちは今までどおり隠れ市に魚介類を出すことを、快く引き受けてくれたのだ。

トーゴやほかの役員たちの家は目につきやすいということで、マーゴの実家やそのほか数件の家の裏庭が隠れ市の場所として選ばれていた。出入りがしやすい、外からは見えにくい、犬や猫を飼っていない、そういう条件をそなえた家々だった。外壁をとり壊したり、新たに壁を作ったりする作業は、大工の棟梁であるトーゴや石工たちが中心となって済ませていた。

隠れ市の目処《めど》がつき、ひと月前にミーナから結婚の承諾を得ているイワーニャは、トンネルのなか、宇宙空間をいく宇宙船の操縦士にでもなった気分でハンドルをにぎっていた。

片側一車線の長いトンネルを出ると、明るい景色がひらけ、林の間に海が見え隠れした。

秋が近づき波の荒くなりだした海面に、波乗りをしているひとりの若者の姿があった。

若者は海を楽しんでいるのか、海に挑戦しているのか、波の高い海で波乗りをするという無謀さが、イワーニャには他人事《ひとごと》に思えなかった。隠れ市も波乗りに似て、危うい試みにちがいなかった。

家長としての自覚が芽生えだしていたイワーニャは、こんなことを考えた。

〈俺の身にもし何か起こったら、ミーナは生きていけるだろうか〉

イワーニャがミーナを案じていたその時、広場で佇んでいたミーナの眼前に、イワーニャに出会う前に見つけていた池の幻影がふいに浮かんだ。碧《みどり》の湖面のまわりに揚羽蝶がたくさん飛んでくる、不思議な雰囲気の漂う池だった。あの池をまた見てみたい、という衝動がミーナを駆りたてた。

市の広場からつづく道路を北に向かえば、低山に突きあたる。

〈たしか山道を少し上ったところに、あの池はあるはず〉

とミーナは胸を弾ませた。

道の先に、十字路が見えてきた。その交差点を東西に走る舗装道路は、山すそを削って出来たばかりの海岸沿いの広い道路に通じている。

太陽が雲間から現れ、辺りがみるみる明るくなったとき、突然、猛スピードの自動車の音が後ろから近づいた。

ミーナが驚いた瞬間、左折しようとした車はミーナの自転車を巻きこみ、押し倒していた。

「あっ」という小さな叫び——それがミーナの最後の声だった。

十三

事故は、ミーナの不注意として処理された。

ミーナをはねた車を運転していたのは、開発会社に勤務するグロバ族の男だった。市街地からグロバ族の役人が来て、問答無用の事務的な始末を済ませるとさっさと帰っていった。

葬儀は、遺体の腐敗が始まらぬうちにと、翌日の午後に多神教の教会でとり行われた。

里人の多くは、グロバ族への憤りを口には出さず、心の底で思い思いに反撃を誓っていた。

先代の僧のあとを継いで初めて葬儀の式壇に立った僧も、そのひとりだった。

「神々は与え、神々は奪い給う——わたし達は、死者との別れに際してそう説いてきました。人間によって命が奪われたときにも、そう説いてきました。わたしには、それが正しいことなのかどうか分かりません」

僧は、しばらく沈黙した。

「手だしをするのは、人間なのです。山を削り、海を汚し、人を撥《は》ねる——そうした人間の所行を神々に帰することができるでしょうか」

僧は、ふたたび沈黙した。長い沈黙だった。

「それでも、わたしは信じているのです。人間の世界、つまりこの世と死後の世界は、神々の世界とつながっているということをです。この死者の穏やかな表情が、その証しに思えてなりません」

僧の話の間、チサキは涙にうるんだ眼で、まっすぐに伸ばされたイワーニャの背中を見つめていた。

葬儀のあと、イワーニャほか、里長のトーゴやチサキなど五人が郊外のはずれにある火葬場に向かった。

盆の里での埋葬は、百年あまり前に土葬から火葬へと移りかわっていた。

葬儀の間、落涙の絶えることのなかったトーゴは、気を取りなおすと案内人のような口調で言った。

「わしの爺さまの若い頃に、火葬の風習になったんだな。灰になるまで焼かれるなんて、って最初はみんな怯えたらしいが。それまでは、土が大水にさらわれるたび、野ざらしになった躯《むくろ》をキツネなんかが食べにきたって、爺さまが事あるごとに話していたよ」

チサキが、いつものようにトーゴに噛みついた。

「今は、そんな話をするもんじゃないよ」

「わしだって、いずれ焼かれるんだ。みんな、事実はちゃんと受けとめないといけないさ。これればかりは例外はないのだからな……長官のピンザの野郎もな」

ミーナの死後、はじめてイワーニャが他人《ひと》の話を聞きとめた。

「そうだな。里長の言うとおりだ」

遺骨は二つに分けられ、ひとつはイワーニャのために、あとのひとつはミーナの家族のために用意された白い壺に入れられた。

ミーナの家族は少し遅れて、葬儀から三日後に、病気の父親に代わりミーナの異母の弟が訪ねてくることになっていた。

その前日、イワーニャは、オーミの家の玄関に立って呼び鈴を鳴らした。

オーミの清《す》んだ眼と合うや、イワーニャの眼から急に涙があふれでた。

オーミがコーヒーを入れている間、張りつめていた気持ちの糸が切れたイワーニャは号泣した。

イワーニャの荒れ狂う感情が鎮まるのを、オーミは何も語らずに待った。

若すぎるミーナの死に、オーミもまた衝撃をうけていた。

意地の悪い仲買人に反発して自分の作品を壊した娘、というミーナの噂から受けた印象とは異なって、実際に知り合いとなったミーナは驚くほど控えめな娘だった。

記憶に浮かぶミーナの大人しい表情が、オーミの心の苦い痛みを深くした。

オーミは冷めたコーヒーを温めなおして、イワーニャの前に置いた。

「今日あたり君がくると思っていたよ」

「……」

「俗にいう人生のまさかの坂だな。……二回目だね」

「そうだな。親爺のとき以来だ」

「父上の訃報を知ったとき、わたしがどうしたと思う？」

「……？」

「どんなに些細なことでも、ともかく父上の嫌なところや欠点を見つけようとしたんだ。そうでもしないかぎり、あまりに理不尽で耐えきれなかったから。おかしな反応だろう？　でも、どんなにそうしても、好きだった父上の笑顔しか浮かんでこなかった。わたしは全身涙になって泣きつづけ、泣きながら歩きだしたんだ」

「……」

「いずれ時が癒す、って言うだろう？　あれは、本当でもあり、嘘でもあるな」

「……」

オーミは、イワーニャの眼が血走り、顔が蒼ざめていることに気がついた。

「少し眠った方がいい。客人用の二階の部屋、すぐ使えるから」

イワーニャはミーナの死後、一睡もしていなかった。オーミに言われるまま二階にあがり、間もなく重い眠りに落ちていった。

目を覚ましたイワーニャは、即座にはオーミの家にいることが理解できず、ぼんやりと見慣れぬ部屋を見まわした。

カーテンのすき間からもれる夕焼けに染まった小さな部屋は、どこか遠くの海が燃え、その炎が窓に映しだされた見知らぬ船室のようだった。

階下の食堂では、オーミが夕飯の準備をすませていた。

真っ白な布の上に、スープ皿が置かれていた。

イワーニャがオーミの食事を作ったことは幾度もあるが、オーミがイワーニャの食事を作ったのは、初めてのことである。イワーニャは、病人のように頼りなげに匙を口に運んだ。

「イワーニャ、君は前に言ってたね。望みが叶うものなら、もう一度海亀のスープが飲みたいって」

「そうだったかな」

「今は生物保護条約があるから、海亀はもう味わえない。だから何か代わりにと、フーゴに頼んで旬の魚介類をさがしてもらったのだ。海の幸を食せば生きる気力も出るかと思ってね」

オーミは、二口三口と匙を運ぶイワーニャに安堵した。

夢遊病者のていで食事をしていたイワーニャは、沼のなかに引きずり込まれるようなすさまじい眠気に襲われ、半分を食べ残したまま再び寝台に身を沈めた。

十四

「ミーナの弟といっしょに遺品の整理をする」

そう言って出かけていくイワーニャを、軽トラックが走りだすまでオーミは見送った。

何があろうと、イワーニャは動きつづける男である。イワーニャは大丈夫だ、とオーミは信じた。

イワーニャが立ち去り、ひとりあとに残ったオーミが見わたす家のなかは、冬場の無人島のように空虚だった。

この空しい家を、自分は記憶だけで支えてきた、とオーミは思った。

オーミは、先王の遺品を何ひとつ持っていなかった。

王家の人々の家族写真が二枚、手元にあるだけである。色褪せた、より古い方の写真には、赤ん坊のオーミを抱く母の姿も写っていた。

王宮にあった物品のほとんどがグロバ族によって持ち去られたことを、オーミは聞き知っていた。

〈父王のお好きだったあの山水画は、どうしたのだろう？〉

〈奥の庭で、父王がジンべと話すときにお使いになっていた、あの腰かけ石は？〉

思い出のなかで、絵画も腰かけ石も、孤独なオーミにとっては家族同然である。

オーミが行方を案じる絵や腰かけ石が無事でいることを、オーミは知らずにいた。

山水画は、捕縛される直前の先王が、最も信頼のおける執事に託していた。執事は絵を王宮から運びだし、先王の言いつけどおり執事の生家の蔵に保管していた。

この執事は、野生動物にみられるような気品を備えた古参で、今でも、何かと王宮のようすをジンべに教えてくれている。

腰かけ石は、ジンべにとって先王の面影そのものだから、庭の奥まったところに段差のひとつとして、ジンベが隠しすえていた。縞模様が目をひくこの美しい緑色片岩を、ときどきジンベは参拝した。石に話しかけ、石を撫で、石に祈るジンベの姿を、王宮の誰ひとり見ることはなかった。

オーミの思いが過去に向かっている間、天がイワーニャの心に感応したのか、雨の降りだしそうな兆しが空をおおった。

オーミの家を出たイワーニャは、手際よく着がえをすませ、ミーナの家へと急いだ。いつ見ても整然とした輝きを放っていたミーナの家の白い柵が、鉛色の空の下で、無造作に開いたままになっていた。

ミーナの弟は、部屋の片づけをおおかた済ませていた。

イワーニャは、ミーナの異母弟をひと目見るなり、ミーナと同じ血がその青年に流れていることを実感した。どこか浮世離れした気質の奥に、凛とした筋が一本通っているという印象が、ミーナの印象とよく似ていた。顔は、ミーナより丸顔であるが、やや垂れた目が、ミーナの面影を思い起こさせた。ミーナの赤毛はミーナの母方からの遺伝なのか、弟の髪の方は、こげ茶色がかった黒だった。

衣服とミーナの絵付けの作品のほかは、これといった遺品がほとんどなかった。

イワーニャは弟と相談して、衣類はチサキに、作品は親方のギーノに、引き取ってもらうことにした。ミーナの絵付け作品は、イワーニャも弟もすでにミーナから贈られて持っていたし、チサキなら、里の娘たちに衣類をうまく分け与えるにちがいなかった。

「姉さんから、先月手紙が来ていたんです。僕にも結婚式に来てほしいって」

二十歳前後の弟は、礼儀をわきまえた青年であった。

イワーニャが何も語れずにいるのを見てとると、弟は家族について語りはじめた。

父親は、その祖父から受けついだ老舗の貿易会社を経営していたが、政変のあとはグロバ族の企業の下請けの輸入代理店を細々とつづけている、といったような話をした。

この年齢に特有の一種の美意識ゆえか、どこか客観的な口調である。

「十年の間に、むしり取られでもするように蓄えも資産も無くなって……。父は気苦労から、最近はすっかり病気がちなんです」

弟は少し空中を見すえてから、ミーナの部屋で見つけていた手帳をイワーニャに差しだした。

「この手帳は、あなたがお持ちください。姉さんと僕は母親が違うってことは、ご存知でしょう。これは、姉さんのお母さんの雑記帳なんです。姉さん、この雑記帳はお母さんだから、ってとても大事にしてたんです」

イワーニャは、うす茶色の表紙の雑記帳を受けとって、ぱらぱらとめくってみた。

「ミーナの靴二十センチ、豚毛のブラシ、剪定、クエン酸……」と脈絡のない単語があちこちに記されているなかで、ひとつの短い詩が眼にとまった。

今　思い出さなければ
わたしはもう 何も
どんなに愛していたかも
思い出せなくなる

死を前にした囁きのようなことばが、イワーニャの胸の奥に入りこんでくる。

外では小雨が降りだし、窓から見える地面が、次第に濃くなって光りはじめた。

イワーニャは、なぜミーナが家を出たのか知りたくなった。

「ミーナは、どうして家を出たの？」

「姉さんは、八歳のときにお母さんを亡くしたのですが、その翌年に、父は身のまわりや家の世話をしてくれる女性が、ぼくの母さんは頼れる男性が、それぞれ必要で結婚したんです。世間によくある結ばれ方ですよね。姉さんとぼくは、歳は離れていてもいっしょに冗談を言いあって楽しんだりして、仲がよかったんです。ぼくの母さんはね、まったく普通の人なのに神経だけは過敏で、姉さんはあのとおり繊細だったから、ふたりは気をつかいすぎたんです」

イワーニャの知らない、霧がかっていたミーナの過去が、眼の前に現れた。

「きのう父さんは、ぼくをそばに呼んでこう言うんです。『わしの再婚は、ミーナには辛いことだったのかな』って。でも、父さんが再婚していなければ、ぼくは生まれてこなかったわけだし……」

ミーナの弟は声をつまらせ、床の上に身を投げ出して泣きくずれた。

十五

もうろうとした意識の奥で、ゆるやかな鐘の音が聞こえてくる。

〈弔いの？〉

〈婚礼の？〉

ミーナの死からひと月、毎朝、目覚めの先でイワーニャを迎えるのは、ミーナの不在という苦悶だった。

だがこの日、イワーニャは、いつもと違う目覚めを経験した。

次の日も、やはり遠くで響く鐘の音とともに目を覚ました。

何かを話しかけているような響きだった。

太陽がのぼっている間、イワーニャはよく働いた。

自然の律動のなかに自分をはめ込むことで、かろうじて我が身を保つことができた。

夏に回りつづけた揚水用水車も、稲の収穫を前に停めておかねばならなかった。水車の本体はそのまま置いて、桶や水受け板などは外し、晩秋から冬の間は小屋にしまっておくのである。山では、無節の良質な材木に育てるための枝打ちに、例年より早くから取りかかった。

山に広がる美しい空をながめることもなく、イワーニャは汗まみれになって、作業に没頭した。

鐘の音は、三日目の朝にはもはや聞こえず、イワーニャの夢に現れたのは、遠い記憶だけが見知っているような少年の姿だった。石化したかのごとく動くことのない少年、天に向かって身をよじり、固まってしまった少年である。

翌朝の夢にも、動かぬ少年が同じように姿を見せた。

イワーニャは当初、その少年を自分の心の写し絵だと思った。苦しみが、イワーニャの分身である少年の身をねじ曲げているのだと。

数日間夢に現れつづけた少年は、やがて、イワーニャがどこにいても、燦然《さんぜん》とした光の衣装をまとって出現するようになった。幻というには鮮やかすぎる光彩を放つその少年は、つねに傍らからイワーニャを見つめている、イワーニャにはそんな気がしてならなかった。

いつものように、鉈《なた》を振りあげて木の枝打ちをしているときのことである。

鉈をふるいつづけていると、鉈のひと振りは彫刻師の鑿《のみ》の一打を彷彿させ、形の整っていく木の姿が、木の精霊の立像のように見えてきた。秋の陽ざしを浴びた一本一本の木々は、自然の奥から彫りだされ、深い生気を宿して誕生した彫刻作品のようだった。

一瞬、イワーニャの身に流れる時が、思い出という思い出が、ひとつの地点だけを残して忽然と消え去った。

時は、止まっていた。不動の世界は、二十数年前のある昼下がりの光景を映していた。

王宮の中庭の静けさ、塔へと通じる階段、昇り口の石板の浮彫《レリーフ》に描かれた身をよじる少年の姿、そして、『鐘を造った少年』という金文字の銘。……イワーニャは、光の衣装をまとった少年の正体に気がついた。夢に現れてイワーニャを見つめるその少年は、今も王宮にひっそりと存在するに違いない石板に彫られた、『鐘を造った少年』であったのだ。

イワーニャは、運命を担う力をもった風に押し流されるように、山腹に停めてあった軽トラックの方に駆けだした。

イワーニャが向かったのは、図書館だった。

市街地へとつながるエール川の大橋をわたり、一年半ぶりにイワーニャは旧市街地へとトラックを走らせた。

『鐘を造った少年』について調べねば、という衝動にかられながら、イワーニャは文化交流区にある図書館の地下駐車場にトラックを乗り入れた。

市街地の海岸通りに沿って建てられた博物館や美術館、音楽堂や図書館のある地区は、数百年にわたって文化護持の役割を果たしてきた。長年にわたり、盆の里人にとっても文化交流区に足を踏みいれる日は、たとえ雨天であってさえ、人生の幸福を味わうことのできる晴れがましい日となっていた。

イワーニャが図書館を最後に訪れたのは、政変のはるか以前のことである。

外観は同じ建物でありながら、図書館のようすは激変していた。

身分証明書をかざして内部に入ると、カウンターにいるのは図書館員ではなく、高さ一メートル数十センチほどのロボットだった。人の温もりや息差しは部屋のどこにもなく、何台かの検索機器が目につくばかりで、読書をする人も、自分の手で何かを調べようとする人も、姿を消していた。

平日の午後四時という時間帯のせいでもあるのか、人っ子ひとりいない図書館で、イワーニャは、検索機器の前に陣取った。

『鐘を造った少年』という書名の本は、見当たらなかった。次いでイワーニャは、「鐘」という語のついた書名を検索し、鐘を造った少年について言及していそうな本を探して、『鐘の歴史』、『中世の鐘』、『鐘をめぐる物語』、『鐘の鋳造』という四冊の本に行き着いた。

ロボットにその四冊の本の番号を告げると、

「ハイ、シバラクオマチクダサイ」

という水中で響くような音声でロボットは答え、奥の書庫から四冊の本をとり出してきた。

「カンナイデ、オヨミニナリマスカ？」

無表情なロボットは、言葉づかいだけは丁寧に、淡々と役目を果たしていく。

閉館時間までに四冊の本に目を通そうと、イワーニャは窓に近い机に本をおいて、座り心地の悪いパイプ椅子に腰をおろした。

章題に注意を払いながら手際よくページをめくっていき、ほどなくして、くすんだ青銅色の『鐘をめぐる物語』という三冊目の本を手にとった。高まってくる期待をあえて押さえながら、イワーニャは章題に視線を走らせ、「鐘を造った人々」という章を探し当てた。本の中ほどにあるその章には、王宮の鐘の歴史も鐘を造った少年の話も、イワーニャを図書館へと駆り立てた予感を裏切ることなく、歴史的事実は事実として、伝承は伝承として書かれていた。

そのあらましは、こうであった。

「王宮の鐘の建立は、十五世紀半ば、第二十一代の国王が、民衆の精神的支柱を築く必要性を感じたことに始まった。当時まだ若かった国王は、何度か鐘の鋳造を試みたが、どの鐘の音も国王を満足させることができず、妥協を良しとしない国王は、ついに一四七〇年には鐘の鋳造を一切中止した。鐘の鋳造が見送られて十年ほど過ぎた頃、職人の父子《おやこ》がたまたま王宮を訪れた。父子は、旅をしながら希少な作品を売っては生活の資を得て、故郷に帰っては農夫としても働く、という暮らしぶりの鋳物師だった。この二人に出会ったことが、諦めかけていた国王の情熱にふたたび火をつけた。父親の方は間もなく王宮で病没し、後に残された息子は、まだ十四、五歳の少年であった。鐘づくりの名手として知られていた祖父から技を伝授されているというその少年を信じ、国王は命運を委ねることにした。それから二年後に完成したのが、今なお残る王宮の鐘である。鐘の完成後も少年は王宮に留まり、鋳物の技術を自ら研鑽し、職人たちにも教えつづけた。国王は、鐘造りを指揮したこの少年の功績を顕彰して、一五〇〇年、少年の姿を石版の浮彫《レリーフ》として永遠に残すことを命令した。一五〇三年、国王崩御の直後、その伝説的鋳物師は、行先も告げぬまま王宮から姿を消したと伝えられている。なお、王宮の鐘を造ったその少年は赤毛だった、との伝承が残されている」

〈鐘を造った少年は、赤毛だった!〉

イワーニャは、ミーナの名を呼んだ。

〈ミーナが、鐘を造った赤毛の少年を自分に近づけたのだ!〉

以前のイワーニャなら全く意に介さなかったであろう小さな偶然の一致に、イワーニャは立つべき足場を見いだした。折れていた心を支えるべく、根拠とてない考えにイワーニャは寄りすがった。

〈俺には分かる。あの夢に現れた少年は、赤毛だった。ミーナの化身なのだ。ミーナがあの世から、俺に話しかけたのだ!〉

その思いを強くするにつれ、イワーニャの胸に微かな光が射しこんだ。

「ヘンキャクデスネ」と念をおすロボットに四冊の本を返すと、イワーニャは、無機質な空間から逃げ去るようにして閉館直前の図書館を出ていった。

うすぐもりの空に、朱く染まりだした日が滲《にじ》み、外はまだ明るかった。

地下駐車場までの路を下りていく間に、噂にだけ聞いたことのあるサイレンの不穏な音が、騒然と響きわたった。錆びた金属の擦れあうような、軋むような音である。

朝夕に美しく鳴り響いたかつての鐘の音は、労働の区切りを告げる、神経を苛むサイレンの響きにとって代わられていた。

十六

昔時《せきじ》より、物々交換を基盤にしていた里の暮らしに、貨幣はさほど重要ではなかった。

盆の里で貨幣が不可欠になったのは、百数十年前、グロバ族の生活様式がもたらされてからである。盆の里は、この世界を支配している貨幣経済に毒されることは少なかったが、それでも住人たちには市場での買い物など、いくばくかの貨幣は必要だった。

トーゴが里長を務める盆の里の住人は皆、昔から所有地を持っており、他国の封建時代にあったような小作人は存在しなかった。所有というより、土地を保有しているのだという感覚の強いその土地柄は、個人主義と共同体志向の相まった独特の風土を育んできた。

盆の里でも指折りの広さの土地を保有していたマーゴの実家は、隠れ市には理想的な場所に位置していた。

閉鎖された市場から北東に数キロほど離れたマーゴの実家の裏庭で、隠れ市のひとつが開かれた。

新たに作られた外壁は、目立たないようにくすんだ色の石が積まれ、寂《さ》びた風情を醸しだしていた。外壁の内側に沿って七、八十台の車は駐車できたから、大勢の来訪があるときも往来に支障はなかった。数多くあったテントは姿を消し、中央に設置された何張りかの大きなテントだけとなった。そのほかの空き地には折り畳み式の台があちらこちらに置かれ、その上に、今までどおり商品が並べられた。

市の廃止によって貨幣収入の道が閉ざされる住人も、隠れ市がある限り、何とか凌《しの》いでいける手はずが整ったのである。

鍋やフライパンなどの調理用具や鋳物製品をあつかうフーゴも、織物を市で売っていたチサキも、致命的な痛手を被らずに済むだろうと安堵した。

隠れ市に足を踏みいれ、ぐるりと庭内を見わたす人々の表情はみな一様に輝いた。隠れ市は、売り手買い手を問わず、誰にとっても成功だった。

何箇月かの労苦が報われた証しを前にして、イワーニャもその光景に目を細めた。

この家の外孫であるフーゴが、入り口の真正面の奥に置かれた長椅子に腰をかけ、イワーニャに手を振った。イワーニャも、マーゴの家の壁を背にしたその椅子に座り、フーゴの横に並んだ。

「やったな」

「………」

無言のままでいるイワーニャに、フーゴは問いかけた。

「お前、大丈夫か？」

「……ああ」

「お前なら何だって乗り越えるだろう、みんなそう思ってるが」

「ずっと後悔してるんだ。もっとミーナと一緒にいるべきだった、ってね」

「お前も忙しかったからな。見ろよ、このみんなの笑顔。ミーナだって、隠れ市の成功をあの世で喜んでいるさ。きっと、どこかで見ているさ。死なんて引っ越しぐらいに思わなきゃ」

フーゴはイワーニャをそう慰め、寝不足のために充血した目で裏庭を眺めやった。

「子供のときは、ここでよく野球をしたんだ。こんな広い場所はめったにない、ってのが自慢でね。なんでも大きく広く見えたんだな、あの頃は」

生来話し好きのイワーニャが口を閉じたままなので、フーゴは勝手にしゃべり続けた。

「サングラスをかけたグロバ族の男も、来ていないようだな。チサキがやけに心配していたが……。ここは隠れ市にもってこいの場所だ。チサキじゃないが、俺だって心配してたんだ。この隠れ市が見つかれば、何と申し開きをすればいいんだろうか、ってね。市ではなくて品評会をやってました、とかなんとか……」

イワーニャの悲しみにあえて寄りそわないのが、フーゴなりの心づかいである。フーゴは、なおも言葉を継いだ。

「見つかった時は、全面的に俺が責任をとるつもりだ。しかし、変な話だぜ。先祖伝来の俺たちの土地で市を開くのが法律違反だなんて。連中は、何がなんでも自分たちの製品や流儀を押しつけたいのさ。俺たちの暮らしや自然を食い荒らさないグロバ族の統治なら、まだしもだろうに……それは、あり得まい」

イワーニャの耳には、「死なんて引っ越し」と言ったフーゴのひと言だけが残っていた。

イワーニャは、人々が集う庭のはるか上空を見つめた。

秋の空につかの間姿を見せる、もこもことしたちぎれ雲が、ゆっくり、ゆっくりと流れ、空をおおっている。

〈ああ、動かぬようにみえる羊雲も、流れていくのだな〉

悲しみの影がイワーニャの喉元までせりあがり、胸のどこかへと落ちていく。

落ちていく影は、潰《つい》え果てた希望でもあるのだろう。抱擁の、滾《たぎ》るような歓びを知ることもなく消えてしまったミーナの身体は、灰と化したのだ。今のイワーニャにとって、死とは絶対的な別離にほかならなかった。

「明日は、雨だな」

フーゴの話をずっと聞き流していたイワーニャが、ぽつりと言った。

羊雲がびっしりと浮かんでいる空を、フーゴも見あげた。

「雨か……そのようだな。羊雲が広がってきた。……ともかく俺は、連中の奴隷にはならないからな。奴ら、俺たちの人生そのものを盗もうとしている。俺にはそう思えてならないんだ」

遠くをさまよっていたイワーニャの心に、フーゴの声が反響した。

「人生そのものを盗もうとしている？」

「そうだ。誰ひとり本当に生きたいようには生きられない世の中にされちまっていく、ってことさ。しかも、誰も何も気づかぬ間にね。人生は甘いものではないだとか、人生は思い通りにならないものだとか、そんな古典的な話じゃなくてね。なあ、イワーニャ。どんな風に生きたって、人は死んでいくだろう。だから、グロバ族に支配されて奴隷ロボットみたいな一生を終えたところで、大差ないといえば大差ないかもしれない。だが、空っぽのような生活を毎日送らなきゃならない人生なんて、俺はまっぴらごめんだ。俺、鋳物師として生きてきただろう。だから、全身全霊で仕事に打ち込む醍醐味ってのを知っているつもりさ。その醍醐味を、多くの人が奪われつつあるのが、今の時代だぜ。もっとひどいのは、みんなが同じような考えを持つようになるか、あるいはまた、みんなが他者《ひと》を狂人だと思ってしまうほどお互いに理解し合わなくなるか、いずれにしても、そういう極端な社会になりかねないってことだ」

フー[illegible]熱く語っている間に、突然、弾けるような歓声がどこかで沸きあがった。

黄と紺の格子模様の派手なシャツを着た少年が、逆立ち歩きと宙返りを披露して、買い物客たちを喜ばせていた。

どよめきが静まると、人々の声で半ば現実に立ち返ったイワーニャが言った。

「近頃、奇妙な夢を見たんだ」

鐘を造った少年の夢は、フーニャにしてみれば、ミーナの突然の死という意味にせまる唯一の手掛かりである。霧のなかの幽かな灯火《ともしび》である。その明かりに少しでも近づこうとの思いから、イワーニャは、図書館でしらべた鐘を造った少年について、告白めいた口調で話した。イワーニャの声を聞きながら、フーゴが考えていたのは、やはり、隠れ市が見つかったときの言い訳だった。

フーゴは、まったく知らずにいた。フーゴ自身が、鐘を造った少年の末裔であるということを。父親の代まで伝わっていた鋳物師フーゴの一族の伝承を、フーゴは知る由もなかった。

フーゴの父が死の床で、

「うちの一族は、王宮の鐘を造った少年の子孫なのだ」

と言いのこした相手は、若くして死んだフーゴの兄であった。

フーゴの家の伝承も、ほかの多くの伝承と同じ運命をたどり霧散していたのである。

十七

コオロギの声がとだえ、夜の闇が濃くなった。

なにか不気味なものが飛び込んできそうな気配を感じたオーミは、開いていた窓という窓を閉めた。

　間もなく訪れる秋分を、オーミは澄んだ安らかな心で迎えねばならなかった。

　王家において、太陽への特別な礼拝が春分と秋分の日に行われてきた。それは、代々の王とその子息にとって、欠かかすことのできない大切な慣わしだった。庶子のオーミも、十二歳のときからその礼拝式に参坐した。

　美しい四季のめぐり、春夏秋冬は、地球の地軸が二十三、四度傾いて太陽のまわりを回転することから生まれてくる。古来、その知識をもっとも貴重な知識として、王家では伝承した。昼と夜の長さがほぼ同じに近づく春分と秋分は、自然や祖霊に感謝するとともに、自然の神秘を間近に体感する日でもあった。三日前からの斎戒につづき、前日に軽い昼食をとったあとは食を絶ち、無念無想のうちに五体投地の行を間歇的にくりかえす。夕刻には静かな瞑想のときを過ごし、沐浴による浄めのあと、夜半から日の出にかけて、春分と秋分にだけ降り注ぐ唯一無二の陽光を浴びるまで、ふたたび五体投地を行じるのである。

　オーミが初めてこの礼拝式に参坐した日は、小雨が降った。

　礼拝式のあと、オーミは先王にこう訊ねた。

「父上、空がくもっているときや、雨のときに、どのようにして陽光を浴びるのですか」

「くもり空の向こうに、太陽は在るであろう。肝心なのは、その太陽と同調することなのだ。隠れていて見えなくとも太陽は恒にあるから、その太陽を思念するのだよ。春分と秋分の太陽は珍しい炎をみせ、実はこの父にもまだよく分からぬが、ぐるぐると回るふしぎな光彩を放つと言われている」

先日、ひとりの上級生が、

「太陽を礼拝するのは、悪魔教らしいぞ」

と言うのを聞いたばかりのオーミは、上級生の言がでたらめであることの証を父王に求めた。

先王は、意を得たり、との表情でうなずいた。

「星を礼拝する者は、月や太陽を礼拝する者を悪魔と呼び、月を礼拝する者は、星や太陽を礼拝する者を悪魔と呼ぶ。人間の狭い愚かさが、そう言わせるのだ。それに、わが国の者はみな、神々を祀り、星も月も太陽も礼拝する。よいかオーミ、もしも邪教があるとすれば、それを生むのは邪心なのだ。分かるな」

先王は、子供の理性を侮ることなく、十二歳のオーミにも大人に対するのと変わらず向き合った。

それからの歳月、年二回の礼拝が、オーミに何をもたらしたのかは分からない。ぐるぐると回る謎めいた光彩なるものを霊視によって見定めたこともない。白髪まじりの現在のオーミも、十二歳のときと変わらぬオーミでありながら、多くの出来事がオーミの心に傷跡をのこした。オーミに分かるのは、年二回の礼拝が、その傷跡にかき消されない精神を保つ力を有しているということだけだった。

秋分から半月ほど後、驚くべき報せをもって、イワーニャがオーミの家にやってきた。収穫祭に合わせ、ピンザ長官が盆の里の視察に来るという。

ついにその時が来たか、とオーミは身構えたが、その時とはどんな時なのか、一向に推しはかれなかった。

「オーミ、お前は絶対に顔を出すんじゃないぞ」

夕闇せまる玄関先で強く言いはなつと、イワーニャは立ち去った。

オーミの身をイワーニャが気づかう以上に、別れ際のイワーニャの表情が、オーミには気がかりだった。

ミーナの死後、誰の眼にもイワーニャは変わった。ほとんど口をきかなくなり、明暢《めいちょう》だった声は、くぐもった。今のイワーニャを生かしているのは不敵な情念ではないのか、その懸念を払わんと、オーミは玄関の扉を閉める手に思わず力をいれた。

〈イワーニャ、むしろ君こそ、顔を出してはまずい〉

イワーニャの思いつめた表情が、オーミの心に影を落とした。

長官の視察の日に、グロバ族主催の式典が催されるという。その式典にイワーニャが出向いていくことに、オーミは危惧を抱いた。

盆の里人の反応は、ふた手に分かれた。恐いもの見たさに式典に参加しようとする者と、おぞましい式典を無視しようとする者とに。

そもそもピンザ長官とはどのような男なのか、人々は想像をめぐらし、噂しあった。

……ピンザ長官は、荒地ばかりの寒村で生まれた。

冬には家から外に出られないほどの、豪雪地帯であった。

この世におけるピンザ長官の最初の記憶は、雪にはさまれた小道をうなだれて歩いている父親の姿である。

六歳になったとき、父親は家族をつれて都会に移り住んだ。玩具工場で仕事を得たが、まもなく不況のあおりで工場は閉鎖となり、一家の暮らしはさらに疲弊した。

「運の悪い人間は、どこにいても貧乏くじを引いてしまう。神さまってのは酷いお方だ」

日雇い仕事から帰宅すると、父親の口からは、お祈りの代わりに決まってこんな不平がこぼれ出た。

もともと真っ直ぐで臆病な性質《たち》の父親が、暴力をふるうようになったのは、その頃のことである。犠牲になるのは、息子ではなく、信心深い母親の方だった。この母親は、たとえ殺されても相手を恨むことはない、といった風な印象を与える女性であった。それが、懐の深さによるものなのか、愚かさによるものなのか、誰にも分からなかった。

こうした母親の性格とは似ても似つかず、息子は、誰かに石を投げられると、その数倍も相手に投げて返すような少年に育っていった。その心底には、社会や人間に対する憎しみが、いつしか通奏低音のように鳴りはじめた。

苦学して、青年ピンザは、公務員養成学校の門をくぐった。

利発で抜け目がなく、人の不幸を悲しむどころか喜びさえする青年ピンザが、グロバ族の人事担当官の眼にとまった。

グロバ族の行政官の大半は、代々行政官を務める家族の子弟が占めるが、十分の一ほどは、公務員養成学校の出身者が担うべく割り当てられている。グロバ族の支配にとって将来有用なのは、貧しく、負けず嫌いで、幸福な体験の少ない青年であることを、人事担当官は熟知していた。

奨学金を得て、青年ピンザはグロバ族社会の階段を駆けのぼり、四十代半ばにして長官として赴任したのである。体面を保つために結婚した妻とひとり息子を本国に残しての、単身赴任であった。

養成学校で、「民衆には重要な真実を決して教えない。民衆には木を適当に見せておいて、森を見せない」と教わったピンザ長官が最初に取りかかったのは、学校教育への介入だった。これは即効性のある統治政策であり、民衆はグロバ族の教育をうけるにつれて、洞察力も創造力も失って、グロバ族の操り人形に育っていくに違いなかった。

盆の里への視察が近づいた秋日和の午後、ピンザ長官は、かつての先王の執務室の窓辺に立っていた。

頭のなかに映しだされる青写真が、着々と実際に繰り広げられていく己の統治力に酔いしれ、自信にあふれた眼差しを王宮の正門に投げていた。

身の回りの世話をする従者が、香水の強い匂いを漂わせながら、いつも通りお茶の時間にやってきた。

「盆の里は、長官の話題でもちきりのようです」

と従者は、コーヒーを置きつつ告げた。

「どのような話題かね」

「はっきりとは存じませぬが、長官は力のあるお方だとでも噂しているのでしょう」

「連中がわしを恐れれば恐れるほど、万事都合よく事が運ぶというものだ」

「御意のとおりにございます」

従者は心得たもので、長官が意見をのべた際には、必ずこう返答した。

「ところで、盆の里への視察には軍楽隊を伴うからな。いま一度、担当の者に念を押しておいてくれ。大きな音を出しさえすれば、それでよい」

「承知いたしました」

兵卒あがりの従者は、お辞儀の代わりに右手で敬礼すると、ピンザ長官というより、権力の場から離れがたそうに、退室した。

人それぞれの考えは、同じ路線ばかりを往来する電車に似て、枠の外には出にくいものである。

視察に軍楽隊を伴うことを思いついて以来、ピンザ長官の考えは、軍楽隊の編成人数へと常に立ちもどるのだった。

〈人選は担当の者に任せるとして、問題は人数である。軍楽隊と言えば、管楽器と打楽器、つまり何をおいてもラッパと太鼓を用意せねばならぬ。オーボエを吹ける者がいないというから、ラッパは十人だな。太鼓も十人だろうか。五人の方が手軽でよいが、太鼓は多い方が威圧的でよいかもしれぬ〉

おのれの権威を誇示するのに相応《ふさわ》しい人数を、ピンザ長官はこんな具合に決めあぐねていた。イワーニャもまた、迷っていた。オーミには、視察や式典の場に姿を見せぬよう釘をさしたが、はて自分はどうしたものかと。

〈迷うなんて、俺らしくないな。どちらかに決めて、なお迷いの心が生じる時には、とりわけ注意が必要なのだ。用心に越したことはないくらい、俺にだって分かっている。しかし臆病風に吹かれ、あとで後悔するのも忍びない〉

長官ピンザの顔を見ておくべきだろう、と意が定まったのは、視察当日の朝である。

無精ひげを剃るために鏡を覗きこんだとき、長官ピンザが鏡の向こうから、盆の里や里人を見つめている気がして、イワーニャの心がささやいた。「避けるな！　敵を見ておけ！」と。

その声は、式典へとイワーニャを強く押した。

イワーナャが向かった市場の跡地は枯れ草でおおわれ、式典の会場である一角だけが針状の草や小石さえなく、きれいに地ならしされていた。

背もたれを金モールで装飾された黒地のゴブラン織りの椅子が、小学校の視察を終えて軍楽隊といっしょにやって来るピンザ長官を待っていた。

見物人たちは、式場を半円で囲むように張られたロープの外側で、固唾をのんでいた。

群衆のなかに、フーゴやチサキの姿もあった。

里長のトーゴは、他の長老や多額納税者といっしょに、演台の前に設けられた席に座っている。

ひそひそとした話し声が、辺りに淀む不穏な空気の底に沈んでいく。

イワーニャは、なぜか前に進もうとする足に運ばれて、長官用の椅子の正面近くまで来て立ちどまった。

軍楽の音がどこからともなく聞こえてきたかと思うと、けたたましい調子はずれの音が大きくなった。

やがて、パレードの中ほどに、護衛隊にかこまれたピンザ長官が現れた。

勲章を胸に飾った式服を身にまとい、椅子に腰を下ろした長官は、人々が想像していたような大柄な男ではなかったが、中肉中背のその体躯から、粗野で非情そうな雰囲気があふれていた。

進行係がお決まりの挨拶を済ませると、立ち上がって演台にむかうピンザ長官に、いっせいに視線が注がれた。

色白の顔には不釣り合いなほど濃く長い眉の下に、薄い刃物をはめ込んだような鋭い眼があった。ピンザ長官は、演説をはじめる前に、その眼で式場をすばやく見わたした。

「皆さん、あなた方はこれから、古き悪しき時代の慣習や伝統に別れを告げ、新しい便利な時代を迎えるのです。人々は、農薬のおかげで虫に食われていない野菜を食べることができ、子供たちは、除草剤のおかげで雑草の生えない公園で遊び、ポケットフォンを手に、新しい知識を、時代に即した知識を、どんどん吸収していくことでしょう。彼らが大人になったとき、企業や役所のために働きさえすれば、現金を持っていなくても、ポケットフォンを使って世界中で買い物ができるようになるでしょう。赤ん坊や子供たちは、次から次へと現れつづける病気に対して、予防接種を充分に受けることができるでしょう……」

トーゴは、数分もせぬうちにピンザ長官の演説に耳をとざし、好きな歌謡を心のなかで歌いはじめた。

息子のユーマのことが心配なチサキは、検察官のように片言《へんげん》もらさず演説を聞きとめた。

チサキの脳裡には、演説の内容とは白黒反転した模様が描かれていた。農薬や除草剤はなるべく避けるべきであり、成分如何によっては時に予防接種は危険であり、子供たちには、些末な知識よりは肝要な道理を教え、なにより、楽しい実体験の機会を、生きる喜びを味わう機会を与えるべきなのだ、と。

イワーニャは、楡《にれ》の巨木が視界に入ってきたとき、おぞましい事実に気がついた。演台から少し離れた左手後方に、黄に色づきだした楡の木が、どんよりとした空にむかってそびえている。長官ピンザが立っているのは、昨秋の美しかったあの日、ミーナがイワーニャのパナマ帽を拾って手渡してくれた、神聖ともいうべきその場所なのだ。長官ピンザが、この世の良きもの、美しきものを踏みつけている……悲しみの奥深くに潜んでいた怒りが、一気に噴きだした。

軍楽隊のすさまじい演奏が、荒々しい太鼓の音を皮切りに、ピンザ長官が演説を終え席に着くのを見とどけて始まった。

ピンザや連中は、自分たちの支配欲や強欲が何をしているのか、何をまき散らしているのか、まったく理解していない、との憤怒が軍楽の騒音に包まれたイワーニャの全身で逆巻いた。怒りの波頭がイワーニャを呑みこみ、目の前の式典を消し去った。

イワーニャに聞こえる太鼓の音は、獲物を追い立てる無慈悲な鞭音であり、のどかな里を攻撃する爆音だった。演奏の終盤を告げるトランペットの音は、止むべくもない地獄の叫喚だった。

誰にとっても思いがけない出来事が起きたのは、トランペットの音がひときわ大きく割れた時である。

「ピンザ、失せろ！」

異界で発せられたような声が、イワーニャの口から飛びだしたのだ。

軍楽の最後の轟《とどろき》にさらわれた「ピ」は無音となり、「ンザ、失せろ」というイワーニャの声が、沈黙の広場に響きわたった。

軍楽のもうひとつの末尾となって、それは消えやらぬ余韻をいつまでも残した。

十八

薄れゆく陽光を惜しみ、陽だまりで日向ぼっこをする老人たちが増えてきた。

世の推移に無頓着なこういう人々の間でさえ、式典の会場全体の呼吸《いき》をとめた出来事が、しきりに話題にのぼった。

長官ピンザの眼光がイワーニャを射ぬいた場に居合わせた者たちは、銘々が銘々の立場にしたがい、イワーニャを、さらには自分たちのことを心配した。

「失せろ！」と背後から聞こえたイワーニャの声に、「でかした」と喜んだトーゴも、たちまち表情を曇らせた。

　ピンザ長官は、斬《き》るような一瞥をイワーニャに投げたあと、顔色ひとつ変えずに式典を完遂した。その冷静沈着な反応が、トーゴには底知れず不気味だった。

　式典の翌日の昼、誰かと相談がしたいと思い、トーゴは作業着のまま会所に足を運んだ。

「イワーニャは、何てことをしでかしたんだろうね」

　会所の中では、チサキがフーゴに嘆いていた。

　椅子に腰を下ろすや、トーゴが言った。

「イワーニャを助けなきゃ。みんなで、何とかするんだ」

「何か考えでもあるのか、里長？」

「盆の里から逃がしてやるんだ。昨夜、占ったんだ。いつもの棒占いだがな」

「棒占いなんて、あたしは聞いたことがないね」

「氷室から運んだ氷に、夜中、棒をまっすぐ突きさしておくのだ。あくる朝には氷が溶けて棒が倒れているから、その方向で占う。東の方向だったよ」

「東か……となると、山越えだな」

　フーゴは、得心したようすだった。

「あたしは、西の方面の海渡りの方がいいって感じがするけどね。イワーニャなら、昔から顔なじみの漁師も大勢いるだろうし。漁船で少し離れた港まで運んでもらって、あとは、思いっきり西に向かうんだよ。ピンザを罵倒したくらいで、そこまでは追いかけてこないだろうし」

「ふむ、それも妙案だな。誰かを傷つけたわけでも、殺したわけでもない人間を、いくらなんでも犯人として指名手配はできないはずだ。しかし、それだと、イワーニャにもう会えなくなるぞ」

イワーニャにもう会えなくなる、というフーゴのひと言が、トーゴを促した。

「わしは、占いにしたがうべきだと思うが」

「里長、あんたは、いつだって神頼みが過ぎるよ。たしかに、神頼みにすれば責任を取らずにすんで、気が楽ってもんだけどさ」

「奴らのテクノロジー……ああ、こんな言葉をつかうと舌がもつれてしょうがない。ともかく、電磁波ビームだかなんだか、テクノロジー次第だ」

「ねえフーゴ、電磁波ビームって、どんなに離れていたって、追いかけてくるのかい？」

「将来はそうなるかもな。位置を発信するチップを体に埋められっちまう世の中になればな」

「まあ、どっちにしても、決めるのはわしらではなくて、イワーニャだ」

「里長、今のあいつは、何も決められないぜ。それに、逃げようっていう考えすらない気がするぜ」

「分かった。すぐにでもイワーニャに会ってくる」

一刻も早くとイワーニャの家に掛けつけたトーゴだが、イワーニャの家の前にあるべき軽トラックは、見あたらなかった。

イワーニャは、オーミの家にいた。

周囲のざわつきをよそに、イワーニャ自身は案外落ちついていた。長官ピンザに罵声を浴びせたことで、重なる無念がすこし晴れたのだ。

オーミはオーミで、イワーニャを助ける手立てを考えぬいていた。

「きみは、春に言ってただろう。賢者クシマのところに行こうとしたことがあるって。わたしは、君が賢者クシマに匿《かくま》ってもらうのが何よりだと思うよ」

イワーニャは、やや呆気にとられ黙っていた。

「賢者クシマは聖人なのか変人なのか分からない――という噂はわたしも聞いている。どちらにしても、その男は頼むに足る人間だという気がするのだよ」

「……」

「まことの賢者なら、事情を知れば、たとえ見知らぬ人間にだって手をさしのべてくれるだろう」

「オーミ、おまえ、いつまでたっても王子のままだな。何かを頼めば、必ず人は聞き入れてくれると思いこんでいる。世の中、そんなに都合よくは運ばないさ」

オーミは、オーミに意見するイワーニャに仄かな光明を見いだした。その言い様には、世情に通じた、いつものイワーニャが垣間見られた。

「なあオーミ、本当をいえば、ミーナが帰ってこないのなら、いっそう、俺の方からミーナのところへ行こうか、って思うときだってあるんだ」

「……オルフェウスか」

「……？」

「愛する死者を追って、黄泉の国まで行く神話だよ」

「天の国でも地下の国でも、会えるなら俺は行く。俺の後悔は、地上ではもう償いようがないんだ」

「償うって、ミーナの死を？」

「ああ。もっと一緒にいれば、彼女は死なずにすんだ……そんな気がしてならないんだ」

「君は間違っている。生きて償えない者が、死んで償えるわけがない」

強く言い放つオーミに、今度はイワーニャが驚いた。

オーミはイワーニャより十歳も年上ながら、イワーニャが面倒をみるべき、頼りない男のはずだった。オーミは、王宮では泰然自若とした凛々しい若者だったが、盆の里の住人としては、迷子のごとく自信のなさを身に漂わせて五年近くを過ごしてきたのである。

そのオーミが、逞しい別の顔を見せていた。

〈オーミ、君は、俺なんかより遥かに強い男なのかもしれない。君は、未来を見るだろう〉

親が子に抱く期待にも似た感情が、瞬時ながらイワーニャの胸を横切った。

愛ある笑みを浮かべ、「ありがとう」と言いのこして、イワーニャはオーミの家をあとにした。

昼過ぎに家に着くと、作業姿のトーゴが憔悴もあらわに、玄関前の庭でイワーニャを待っていた。

眼を合わせるまでもなく、互いに用向きは自明だった。

古めいた外観とは打ってかわり、イワーニャの家のなかは、大きな窓が明るい別世界を作り出していた。新調された壁紙の上に異国の風景写真がいくつか飾られ、純白のテーブルクロスが、いつまでも現れぬ花嫁をまって空しく拡げられていた。

心配そうなトーゴが、切り出した。

「わしの親戚が、ここから数百キロほど離れた山里で暮らしているんだが、イワーニャ、そこに身をかくす気はないかね」

「……」

イワーニャの沈黙を、部屋に射しこむ柔らかな日ざしがつつんで揺れている。

「みんな、君には生き抜いて欲しいんだ。この盆の里で、君がこのまま無事でいるのは難しいだろうってことは明らかだ。ピンザは、きっと君を狙ってくる」

「里長、俺は、どっちだっていいんだ」

「……？」

「逃げても逃げなくても」

「だったら、わしの、いや、わしらの言うことを聞けるはずだ。チサキは、西に向かって海渡りするのがいいって言うんだが、俺は、東を選ぶ方がいいと思う。わしの親戚のところだし、向こうに行ったって、君の性格ならみんなとすぐに親しくなれるさ」

「山での仕事を放りだせない」

「山の面倒なら、あとはザックに頼めばいい」

「この家を、蜘蛛の巣だらけにはできない」

「掃除なら、わしらで今の状態を保てるさ。先方には今夜にでも連絡をつけておく、いいな」

有無をいわせぬトーゴの熱意に押され、イワーニャは荷造りにとりかかった。

人生の無常の車輪は、ミーナも故郷もイワーニャから引きはがし、里の人々の希望を砕きながら回りつづけていた。

十九

旧大陸に滞在中、イワーニャは一週間ほど船旅をしたことがある。

港の公園にバラの花が咲きほこる、六月のことだった。

イワーニャは、船に乗りこむや海の虜になった。

心地よい潮風に吹かれ、甲板のデッキチェアに身を沈め、連なる波のひかり輝くさまを飽きることなく眺めた。

波も海も、人間の世界などより遥かに気高く生きている！

永遠に近い生命《いのち》を生きている！

出帆してから数日後、海の眺めをいつものように楽しんでいると、淡いベージュ色の背広を着こなした男が、イワーニャの隣に座って声をかけてきた。

「イーナリ国の人かね」

「ええ。分かりますか」

「どの国の人間かぐらいは、君にも見分けがつくはずだ」

紳士然とした男の率直な物言いに、イワーニャは好感をもった。

「わたしの職業を当ててごらん」

イワーニャは、笑いながら首を横にふった。

男は声を落として、「アササン（殺し屋）だよ」と悪びれずに言った。

イワーニャは、うろたえた。

男から逃げ出したいと思ったが、すでに会話にひきずりこまれていた。

旅の風が、いつもは固く閉じている男の心をひらいたのだろう。旅先でのこととして、男は誰かと話がしたくなったのだろう。男の眼には、何を言っても何があってもイワーニャは無害な青年だ、と映ったのだろう。こうした考えは、イワーニャの気をすこし楽にした。

「驚くことはないさ。人類史における最古の職業ともいえるだろう。ひとりの人間を手にかけることで、何万人もの人間を助けられることだってあるんだ。それに、我々人間という輩《やから》は、期せずして害をなすことだって多いんだ。善悪は、はかり知れないさ。神さまが御覧《ごろう》じるのは、愛があるかないか、心に邪念があるかないか、そこではないかね」

しばらく間をおいてから、男は方法について語りだした。

体内に痕跡を残さない毒薬を用いること、効き目は数日後に現れるから誰にも分からないこと、彼自身も実行の前に同じ毒薬をほんの少し服用すること……イワーニャが尋ねもしない手口を、男は淡々と話しつづけた。

おそるおそる話を聞いているうちに、真横に並んでいる男が信頼のできる人間だということが、イワーニャにも分かってきた。

「なぜ、あなたも毒をのむのですか」

「この世は一方的であってはならないからな」

男は、やおら椅子から身をおこした。

「標的は心臓ではないよ」

あとは推測がつくだろう、という表情を浮かべて、男は立ち去る前にそっと付け足した。

その後、船内の食堂や通路でいく度か男を見かけたが、男はまったく素知らぬ風だった。

……長年の間すっかり忘れていた奇妙なこの体験を、軽トラックが二時間ほど東へ走ったころ、イワーニャは不意に思い起こした。

〈そうか！　あの男には、罰が人間を救うものでもあるということが分かっていたのだ。だから、あの男は同じ毒を服用していたのだ〉

〈俺の罪は何なのだろう？　ピンザを罵倒したことか？　まさか！　俺の罪は、きっと、俺にも分からない深いところに埋まっている何かなのだ。じゃあ、俺の罰は？　愛する者たちや親しい世界とこうして引き離されていくことか？〉

〈俺がピンザを危めるとすれば、俺もまた危められればいい。それが、この世界の掟というものだ〉

〈『みんなとすぐに親しくなれるさ』とトーゴは言ったが、あれは嘘だ。そう簡単にみんなと親しくなどなれるわけがない。俺の親しい人たちが住んでいるのは、盆の里だ。みんな、子どもの頃から知っているんだ。見知らぬ人たちの間で、今さらどんな新しい暮らしを始めろというのだ？〉

〈……帰ろう、盆の里に。帰っていくことが、俺の新しい暮らし、俺の未来なのだ〉

〈俺の選ぶ未来がたとえ俺の死であっても、構うものか！　死とは、この世界に自分がまだ存在しなかった、生まれる以前の状態に帰っていくだけのことなんだ〉

イワーニャは、帰ろうと決意した。

帰れる場所は、盆の里だけだった。

対向車用に雑木の伐採された空き地を見つけたイワーニャは、清々しい念《おも》いでハンドルを切った。

行き先は、今やトーゴの親戚の家ではなく、盆の里である。

紅葉に燃える山々の間を、イワーニャは故郷へとまっしぐらに車を走らせた。

軽トラックを目立たぬように家から離れた草地において、丸一日家にこもり、イワーニャの気持ちはいっそう固まっていった。

〈今までどおりの生活を続けよう。一日の終わりには思い出のなかで眠りにつこう。朝は鳥たちのさえずりとともに目を覚まそう〉

逃亡から戻った翌々日の早朝、イワーニャは山の木々の枝打ちをするつもりで、道具を取りに納屋に向かった。斧、鋸、鎌と道具をそろえ終えて、イワーニャは気がついた。一昨日、家に舞いもどったイワーニャは、トラックを家の前の空き地ではなく道をはさんだ草むらに停めておいたのだった。イワーニャなりに、用心をしたのである。

イワーニャは、朝露にぬれる草地をトラックの置き場所へと歩いていった。

微かに風が吹いていた。冷やりとしているが、遠い記憶を運んでくるような甘やかな風だ。しばらく歩いていると、靴のどこかに裂け目があるのか、ゴム長靴の底から水気が足にしみてくる。この感触は久しぶりだ、とイワーニャは思う……その時、未だかつて味わったことのない圧迫感がイワーニャを襲い、視界が翳った。イワーニャの心臓は、しばし打ちふるえ、静かに止まった。

倒れたイワーニャの横を黒い乗用車がゆっくりと走り去るのを、見た者はいなかった。

日が高くなるにつれ、朝露は消え、草も土もイワーニャの靴も乾いてきた。

イワーニャの姿を最初に見つけたのは、トーゴに頼まれ、山での作業の道具を納屋に探しにきたザックであった。

イワーニャの顔には、生来の明朗さがもどっていた。

幸福そうなその顔を眼にした人々は、悲しむべきはイワーニャの死ではなく、自分たちの未来なのだということを痛感した。

イワーニャの絶命は、直ちにピンザ長官の耳に届いた。

「長官を侮辱したあの男、最新兵器の電磁波ビームで消しました」

「それはご苦労」

報せを受けたピンザ長官は、部屋を出ていく従者の背を見つめながら横柄につぶやいた。

「あの兵卒上がりは、大いに利用できる」

自らもグロバ族に利用されているピンザ長官の眼に我が姿は映らず、悦に入ってさらに呟いた。

「あやつは、役にたつ輩だ」

イワーニャの死は、盆の里をにわかに冷え込ませ、陰風ふきすさぶ暗い冬が訪れた。

二十

「母さん、これ、お食べよ」

リンゴの皮をむいて、フーゴが、母マーゴの静脈の浮き出た皺だらけの手に差しだした。

ここ何年か、寒い日の昼間に、フーゴはマーゴを連れて会所に暖をとりにやって来る。

会所には、裏山に自生するリンゴや、トーゴの孫たちも手伝って集める薪が、多少は蓄えられていた。

「お前の手は大きいね。きっと、皆を救う仕事をするよ」

マーゴは、もはやフーゴとは呼びかけない。息子の顔は分かっても、ここしばらくの間に息子の名前を思い出せなくなっていた。

イワーニャがいなくなって以来、フーゴはめっきりマーゴに優しくなった。「誰もが死すべき運命にある」という思いが、仕事も減って気分も沈みがちなフーゴを、他者にはまるで無関心だったフーゴを、人を思いやる男に変えていた。

フーゴは、ようやく気がついた。茶目っ気たっぷりに大口を叩いて生きてこられたのは、母マーゴあればこそだったということに。

子どもの頃、フーゴにとってマーゴは自慢の母親だった。器量も頭もよく、てきぱきと家事や仕事もこなすマーゴが放つ晴れがましい存在感は、それだけでフーゴの人生を満たした。フーゴは、自分の家族を持とうと思うこともなく、知らぬ間に五十歳ちかくになっていた。親類縁者が多いとはいっても、兄は早世し、妹は政変前に外国にわたってかの地で家庭を築いていたから、今では、母ひとり子ひとりの身の上である。

老いたマーゴをじっと見つめ、フーゴはつくづく思う。マーゴの声や顔を知る者も、やがては消えていく。人や歴史は、いつしか証人さえ失い、結局のところ忘れ去られていくのだと。

〈生きていた人間が消える……なんて不思議な魔法なんだ！　イワーニャ、お前は今、どこでどうしているのか？〉

フーゴは、傍らで深淵を覗かせている虚無をあえて無視し、イワーニャを想いつづけた。

〈お前、グロバ族に操られるこんな世に長居は無用、って思ったのか〉

イワーニャが里に引き返してこようとは、フーゴには全く予想外のことだった。

フーゴのみならず、トーゴやチサキも、イワーニャは逃亡さえすれば生きていけるだろう、時を待てばやがて互いに再会できるだろう、と信じていた。だが、それは、つかの間の希望にすぎなかったのだ。

東の方角を勧めたトーゴも、西の方角を勧めたチサキも、ともに後悔に苛まれていた。

チサキは、家の中に閉じこもったまま、空白のなかで佇む老婆に変わり果てた……いつまでもぶつぶつ独りごちながら。

〈あたしは押しが強いはずなのに、いつだって最後の肝心な段になると身を引いちまうんだよ。そして、ろくな結果をもたらしやしないんだ。ああ、イワーニャにもっと海渡りの方を勧めておくべきだったんだ。海渡りなら、イワーニャだって未来を開こうとしたに違いないさ。なんて、あたしは馬鹿なんだろう。譲ってはいけない時に、あたしはトーゴに譲っちまった。イワーニャみたいな良い人間を殺しちまったのは、あたしなんだ。イワーニャは、父親のいないユーマをいつも可愛がってくれた。ユーマも、イワーニャが大好きだったんだ。それなのにイワーニャが死んだことさえ、ユーマに伝えられない。下手をすると、ユーマにだって、どんな危害が及ぶともかぎらない〉

イワーニャの死に苦悶しながらも、チサキは、息子ユーマの身を案じるのだった。

トーゴも家から出ずに、崩れおちそうなわが身に、こう言い聞かせていた。

〈たとえ西に向かっていても、船を乗り継ぐあたりで、イワーニャは同じように盆の里に戻ろうとしただろう〉

かつてトーゴは、三人の娘のうちの誰かをイワーニャが嫁にしてくれれば、と願ったものである。トーゴには、息子がいなかった。イワーニャが生まれた日に祝福にかけつけたトーゴにしてみれば、イワーニャは息子も同然だった。幼い頃、イワーニャは、眠っている間に夢を見ながら歌いだすような、いつも機嫌のよい子供であった。それが、みるみる大きくなり、頼もしい青年に成長していった……。

〈わしが、イワーニャを殺したのか？　いいや、殺したのは、棒占いに使ったあの棒だ。あの

木偶《でく》のぼうだ。神木だとか言われて嘘八百を身にまとった、役立たずの忌々しいあの棒だ〉

トーゴは、憎むべき棒を斧で叩きわり、すでに燃やしてしまっていた。

〈こうなったら、今度はわしが相手だ！　里の奉技団のひとりひとりが蜂起するぞ！　今は寝込んでいる気弱なザックでさえ、やがて立ち上がるぞ！　ピンザめ、覚悟するがいい！〉

それぞれの胸のうちで反響する無言の声は、冬の空をいっそう重く湿らせた。

動かぬ冬の景色のさなか、静まり返った会所のまわりを、子どもたちと犬だけが走り回っている。

呆《ほう》けたマーゴひとりが、この世の出来事の遠くにいた。

息子フーゴの悲しみも憤りも、マーゴには、分かろうはずもなかった。細々と燃える暖炉の前で、マーゴは笑みを浮かべ、まどろみつつあった。

フーゴの心には何もかもが、マーゴの微笑みさえ、痛々しく突き刺さる。

〈畜生！　イワーニャ、お前みたいな仲間が真っ先にいなくなるなんて……〉

〈イワーニャ、俺たちみんな、どうすればいいんだ？〉

フーゴがイワーニャの名をふたたび呼んだとき、ラフコリー犬がひときわ嬉しそうに吠え立てた。

〈なんなのだろう？〉

フーゴが窓をふりかえると、空から白い氷の精が舞いはじめていた。

「雪だ！」

トーゴの末の孫が、天に届かんばかりの甲高い喜びの声をあげた。


オーミは、淡い雪が地面に降っては消え、降っては消えていくことに気づかずにいた。

イワーニャの死という受難のただなかで、オーミもまた、自分が大きな間違いを犯して生きてきたのではないかと己を責めていた。

十代の頃にコンパスを握って円を描いたとき、円とは、あらゆる方向にすすむ可能性を有する点の集合であるとオーミは直観した。ある方向に向かってすすむことは、線を描いてしまうことになる。どこかにたどり着かなくても、線よりは円を描きたい――オーミの性質なのか美意識なのか、年若いオーミはそう願って生きてきた。

しかし今、オーミは真っ直ぐに線を描いて長官ピンザの眼前に走りゆき、その眉間の上に剣をふり下ろしたいという煮えたぎる怒りと悲しみで全身を震わせていた。

〈人は、見たいものや聞きたいものだけを、無意識に選別して見聞きするものだ。わたしは、長官ピンザなど、見たくもなかったのだ！　そういう我がままなわたしの美意識が、イワーニャを死に追いやったのであろうか？〉

〈里の誰もが心の内で叫んでいるあのひと言、「ピンザ、失せろ！」と言い放ち、ピンザの胸に剣を突き刺すべきは、このわたしの責務ではなかったか？〉

凍てついた自宅の炉に火をいれることも忘れ、オーミは、かつてイワーニャが使った二階の部屋の椅子に座ったまま、イワーニャの面影を見つめていた。

……イワーニャの幻の声がする。

〈運命に立ち向かい、運命を切りひらこうとする心そのものが、運命に従っているのさ〉

……オーミは、宙に向かって反論する。

〈私たち人間は、運命には抗《あらが》い得ないと君は言いたいのか？〉

オーミは椅子から腰を上げ、窓辺に近づいた。

頼りなげな雪が、はらはらと空からこぼれ落ちていた。

オーミは、雪の住処《すみか》を天にさがす風狂さながら、ひたすら空を見上げた。

ひとひらの雪は、もうひとひらの雪のあとを追いかけて、曇った空から急に現れる。地上に落ちていく雪の運命に思いを致しながら、オーミは自らに誓った。

〈運命がどうであれ、わたしは耐えよう。君の不在を耐え、身の孤独を耐え、そして、理不尽なことの一切に立ち向かうのだ！〉


王宮の執務室では、大理石のマントルピースに囲まれた暖炉が、勢いよく火の粉を爆ぜていた。日曜の午後三時であった。

明日の朝礼での訓話を考えていたピンザ長官は、歩き回っていた足を止め、炎の熱気で赤らんだ頬を扉に向けた。

ノックをした従者が、いつもの鼻につく香水の匂いをさせ、盆を手にして入ってきた。

ピンザ長官は、香水の小言を言いたくなる自分を制した。上司たるものは些細なことで部下を咎めるべきでなく、つまらぬ咎めだては往々にして己の値打ちを下げるものだということを、ピンザ長官はよく分かっていた。

「お茶と水飴入りの焼き菓子をお持ちしました」

「ふむ、これは鄙《ひな》びた菓子だが、結構うまい。ところで、今朝は部下を連れてウサギ狩りに出かけるとか言ってたが、獲れたのか」

「はい、二匹。それぞれ首尾よく命中させました。何しろ、小生の取り柄は鉄砲射撃だけですから。ウサギの肉はさっそく料理させ、あとは毛皮にして使います」

〈こ奴は、すべてを得ようとする、まさにグロバ族の申し子のような男だわい〉

ピンザ長官は、心のつぶやきとは別のことを言った。

「この寒さ、外出するのは苦にならぬか？」

「小生、暑いときは暑さを、寒いときを寒さを存分に生きるべきと考えます。たとえ零下十度でも、小生は平気です」

従者の言った何気ないこのひと言が、ピンザ長官の生来の競争心をあおり立てた。

「俺は、零下二十度でも平気な男だ。外に出てみよう」

「お供いたしましょうか」

「いや、王宮内をひと巡りするだけだから独りでよい」

ピンザ長官の競争心は、異常なほど強かった。

競わず争わず——それは、オーミの育った王家の家訓の一条である。

しかし、ピンザ長官のような境遇で育った人間は、競争心を武器にして人生を渡っていく。人民同士の競争心を巧みに操ることで利益を生みだしていくグロバ族の統治では、逆に、競争心の少ない人間は生きづらい。

駱駝《らくだ》の毛のコートを着込み、アザラシの皮であつらえた靴をはき、黒貂《くろてん》の毛の帽子と鹿革の手袋で重装備したピンザ長官は、実のところ、豪雪地帯で生まれた男とは思えぬほど、寒さが苦手だった。

庭に出ると、回廊にかこまれた中庭の石畳には薄日さえ射していた。

〈何やら、天もこの俺を祝福しているようだわい〉

気をよくしたピンザ長官は、庭の奥へとどんどん足を運び、西の庭園に近づいた。

〈そう言えば、古い欅など切ってしまえと春に命じたはずだ……。あれは、海に近い場所では珍しく四百年も生きてきた樹の王者などともてはやされ、話を聞くだけでも胸くその悪くなる代物だった〉

歩みを進めるにつれて、空の雲は厚さを増し、あたりが暗く冷たくなっていく。海から吹く風が、高い城壁を越えて湿った空気を運んでくる。

欅の大きな切り株が、樫や松の木立の間から、むき出しの姿を地面に現した。

王家の伝統と共に断ち切られ、生命のやり場を無くした無惨なその姿を目にしたピンザ長官は、ひとり哄笑せずにはいられなかった。

〈これが、今の俺の力なのだ！　なんという快感、なんという幸福であろう！〉

天を仰ぎ、しばし目《まなこ》を閉じたピンザ長官のまぶたに、白く冷たい雪片が降りかかった。

〈幸せな雪の味わい！　まさしく祝福の雪だ！　そうだ、俺はどこかで、もっと幸せな雪を味わったことがある。あれは、たしか帰り道のことだ。親父もお袋もいた、どこの帰り道だったのだろう？〉

思い出など終《つい》ぞ振り返ったことのないピンザ長官は、さらに庭の奥へと分け入りながら、長い間うち捨てられていた記憶を探しはじめた。

〈幸せな雪、幸せな雪……憎むべき冷たい雪ばかりだったが……ああ、あれは公園からの帰り道のことだ。降ってきた雪に、お袋が「雪だわ」と嬉しそうに言ったのだ。親父も満足げに「雪だな」と言ったのだ……〉

「母さん！」

思わぬ呼びかけが、ピンザ長官の紫色の唇からこぼれ出た。

雪降る空のかなたに、生涯でもっとも幸福だった日の情景が浮かんできた。

失職していた父親が玩具工場で働くようになってから、間もなくのことだった。ある寒い冬の日、外国の観光客も訪れるという公園に家族三人で出かけたのである。

大きな公園にはじめて足を踏み入れたピンザ少年は、この世には自分の知らない人々がこんなにも大勢いるのかと驚いた。ギターの音が流れ、ねじを回すと動く人形やタヌキの毛皮の首まきや銀細工の装飾品などを売る屋台が立ちならび、冬とはいえ、公園も人も活気に充ちていた。そして、大好物のピーナッツバターの屋台があった。

その粗末な屋台の前から離れがたく、ピンザ少年は呪縛されたように立ちどまった。

「お前、食べたいんだね」

息子の気持ちを察した両親は、僅かながらも買ってくれたのだ。

ピーナッツバターの入った蝋紙袋を手にし、プラスチックのスプーンで硬めのバターをすくい、ピンザ少年は、舌のうえでゆっくりとバターを溶かして味わった。

家路をたどる頃から降りだした雪に、母親は、幸福な呼気といっしょに「雪だわ」と発したのだった。

道すがら、白い雪の仄かな明かりが、家族三人を照らしつづけていた……。

〈あのときから、俺はなんと遠くまできたのだろう。俺は、もっと遠くへ行くだろう〉

庭をかこむ城壁が見えてきたとき、ピンザ長官の脳裏には、永遠に続きそうな真っ直ぐな道が描かれていた。

〈どんな道であろうと、さい果ての地にさえ、俺は向かっていくだろう〉

城壁は、積まれた土塁のうえに張りめぐらされていた。土塁までは、数メートルの石段の坂になっていた。強く降りだした雪を厭《いと》うこともなく、石段をかけ上がろうとしたピンザ長官は、何かが動く小さな音を聞きつけた。ツグミが、落ち葉の下の餌を探している音だった。音の方にふり向こうとしたピンザ長官は、体の平衡を失って、石段から足をすべらせ、大きく横に倒れた。驚いたツグミは、雪の空へと飛び立った。

頭を石の角で強打し、そのまま不動となったピンザ長官の体のうえに、雪が降りつもっていく。静寂が、庭を支配した。

黒貂《くろてん》の毛の帽子に血が滲み、やがて、鮮やかな色の血が雪面に広がった。

夕刻近くなっても長官が戻らぬことに、従者は胸騒ぎを覚えだした。

部下ひとりを連れて王宮の屋外をくまなく探し、温室を見て回ったあと、最後に、もっとも広い西の庭園へと向かった。日暮れ前に見つけなければ、面倒なことになるのは明らかだった。

〈ピンザ長官は想像もつかぬ誰かに拉致されたのか、それとも……〉

切れ者の従者は、あらゆる可能性を推しはかりながら足を速めた。

普段は寄りつきもしない西の庭園の奥深く、雪におおわれたピンザ長官の骸《むくろ》をみとめた従者は、不安に押しつぶされそうな思いで、ピンザ長官の顔をながめた。目と口は微かに開《あ》いていたが、それまで誰も見たことのない柔らかな表情で、人生の幕を閉じていた。

ピンザ長官の死は、伏せられた。

病床にあるということで、公式には、ひと月後にその死が発表される手はずとなった。歴史は、公式発表を記録として残すだろう。

たまたま、その日風邪をひいて使用人部屋で寝込んでいたジンべは、翌朝、まだ微熱のあるけだるい体にむち打って起きあがると、何やら異様な雰囲気を感じとった。

昼過ぎ、回廊の柱の影から姿のみえたピンザ長官の従者に、思い切ってジンべはよろよろと近づき声をかけた。

「何かござーりましたか？」

「ピンザ長官がご病気なのだ」

人は、心底では本当のことを話したいものである。頭のおかしな無害な老人にまで嘘をつく必要もあるまいと、従者は警戒を解いた。

「いや、ピンザ長官がお亡くなりになったのだ。きのう、西の庭園でな。このことは内緒だぞ。たしか、お前はジンべとか申したな。誰かに言えばお前は舌を抜かれるぞ」

ジンべは、歓喜をおし隠し、呆けた老人になりきった。

「へい、この爺を相手にするウンマ（馬）や犬さえおりませぬ」

「あそこはお前の仕事場であろう？」

「へいへい、左様で。あそこは、不思議な音の聞こえてくる天国の仕事場です。その天国のどこで、長官はメーツボー（滅亡）なさったか？」

「目印に樫の小枝を折って置いたから、すぐに分かろう」

昨夕から止んでいた雪が、ふたたび降りだした。

雪がふたりの視界を遮り、永遠に縮まらぬ距離がふたりの男の間を隔てていた。

従者にはジンべの心が、ジンべには従者の心が、見えようはずもない。

従者は、ジンべのような老人を相手にしている自分と自分を取りまく状況に、苛立ってきた。

「たとえ零下十度でも、小生は平気です」——自分の発したひと言で、ピンザ長官は外に出た。

そのことが従者の胸につかえていた。その痞《つか》えは、自慢の種でもあれば、自責の種でもあった。

当座、長官の代行をすることになっている副長官がどのような人物なのか分からない従者は、いっそう落ち着けずに、その場を離れた。

従者の姿が消えると、ジンべは、西の庭園に吸いよせられるように駆けだした。

その心は踊り、宙を蹴った。

あろうことか、樫の小枝は、先王《さきおう》の腰かけ石の上に置かれていた。

ジンべは、すべてを理解した。

この付近の石組は不安定なのだ。ジンべはそれを承知していたが、こんな場所に来る人もあるまいと、先王の面影やどる緑色片岩の周辺の石組に手をつけずにいたのである。

〈長官ピンザは、石段に足元を奪われて転倒し、頭を打ちつけたのだろう。ああ、これは奇跡だ！　目に見えぬ力がピンザをここまで運んだのだ！〉

ピンザ長官の死という、山が音もなく突然崩壊したような出来事は、ジンべにとっては天の不可思議な営為にほかならなかった。

辺りは血の痕跡がきれいに拭いさられ、雪が樫の小枝をうすく蔽《おお》っていた。

ジンべは膝を折って腰かけ石に額ずくと、その美しい緑色片岩を両手に抱いたまま、雪の衣《きぬ》をまとった動かぬ彫像となった。だが、悲劇も至福も知るその老いた眼からは、いく筋もの涙が流れおちていた。

二十一

明け方前に目を覚ましたオーミは、窓のカーテンを開けて薄明かりの空を見上げた。

冬の太陽が、見えぬ大地の先で顔をのぞかせたのだろう。

真っ暗だった空が白みはじめた。小さな星の光も次第にかすんでいく。

東の空では、山ぎわの淡い橙色が青みを帯びた乳色の空へと溶けだし、西の空では、闇をかき分けるように白い雲がゆっくりと姿を現してきた。光をあびて視界の底に浮かびあがった里は、静かに朝を迎えつつあった。

三方を山にかこまれた里のはるか向こうに、王宮の塔がかすかに見える。

王宮の塔は姿を示すことで、絶望に潰《つい》えぬ時の到来を静かに物語っていた。

夜が次第に遠ざかるにつれて、ひとりの人物の存在が、オーミの心を捉えだした。

去年の春にイワーニャが会おうとして、結局、遠くから会釈をしただけの賢者クシマである。

イワーニャ亡きあと、賢者クシマに会ってみることから何かが始まるという予感が、オーミの心のどこかにあった。

〈イワーニャが歩こうとした道を歩いていこう。イワーニャの思いをわたしが果たそう。賢者

クシマに会いにいくのは、今日だ！〉

イワーニャからもらっていた着古しの上着を羽織って、その日の昼、オーミはクシマの家に向かって車を走らせた。

途中、不意に雨まじりの雪が風にあおられ、枯れ木の立ち並ぶ林の間をしばらく舞い散っていたが、やがてまた空は晴れ、縁《ふち》が銀色にかがやく雲が浮かんだ。

クシマの家へとつづく坂道の下でオーミは車を停め、栗の並木道をゆっくりと歩いていった。

栗の木の枝に薄茶けた枯葉がわずかに残り、この数日間降った雪が、根元の所々に白い跡をとどめていた。

〈栗の木は食料用として、いつの頃か誰かが植えたのだろう〉

目指す家が近づくにつれ、そんな取りとめのないことばかりが、オーミの脳裏をよぎっていく。

クシマの家は煙出しがひとつ突きでた簡素なレンガ造りで、呼び鈴はなかった。

入口にとり付けられた鉄輪をにぎって扉を三度たたくと、中から「どうぞ」という落ち着いた声がした。

玄関につづく奥の部屋で、厚手の長衣《ながぎぬ》をまとったクシマがオーミを迎えた。

肌寒い部屋の空気には、オーミには馴染みのない香の匂いが染みていた。

突然の訪問者には慣れているのか、クシマは自然な立ち居ふるまいでオーミに椅子をすすめた。

「友の思いに導かれてまいりました」

「友とは、イワーニャ君ですな」

「……？」

クシマは白いひげにおおわれた顔の奥から、小動物のような愛嬌のある眼を輝かせて言った。

「昔から、床屋、浴場、飲み屋、そして占い師、こうした所にはいろんな噂話が舞い込むものでしてな。わしは、世間ではどうやら占い師や預言者の類《たぐい》とみなされているらしい」

「未来がお分かりになるのですか」

「未来とはすでに始まっていることの顕現化ですからな、多少なら誰にでもわかりましょう。されどオーミさまは、ご自身の未来に関心がおありなのではありますまい」

オーミは、唖然とした。

「あなたさまには以前、お会いしてますのじゃ」

「どこで？」

「王宮で」

いっそう驚いたオーミは、クシマが人懐かしそうにオーミを見つめているのに気がついた。

「クシマというのは、盆の里での名でしてな……もう四十年ほど前のことゆえ、覚えておいでではありますまい」

王宮には客人が多く、しかもオーミが十歳の頃の記憶ともなれば、曇りガラスをとおして見る景色のように霞んでいる。

「インシャラー（神の御心のままに）！　さあ、オーミさまも唱えてごらんなされ」

クシマはそう言って、オーミが思いだすのを待った。

「インシャラー……ああ、あの時の……」

ある夏の日に、アレックスという名の男性が遠い異国から先王に会いにきたことを、オーミは思い出した。

アレックスの来訪は、先王に、いつにない興奮と喜びをもたらしたようだった。

先王は、異国の地で暮らしているとき、再従兄《はとこ》であるアレックスの家に滞在していたのである。多言語に通じたアレックスの口癖が、「インシャラー」だった。インシャラーという語の響きがすっかり気に入ったオーミも、アレックスをまねて事あるごとに「インシャラー」と発し、オーミはアレックスを「ミスター・インシャラー」と呼んで、華やいだひと夏を過ごしたのだ。

オーミは、その折の印象からかけ離れたクシマの家の粗末な室内を見わたし、親しみをこめて訊いた。

「どうして、こんなところに？」

「先王との約束なのでな。政変の三月《みつき》ほど前に先王から、『何か事あればよろしく頼む』と手紙があってな」

「では父上は、政変が起きることをすでにご存じだったのですね？」

「もちろん！」

この十三年近くの間、胸の奥でくすぶりつづけていた疑問を、オーミは真っすぐにぶつけた。

「では、何故あっけなく捕縛されたのです？」

「時を信じて、譲ったのじゃ。抵抗せずに負けることで傷を小さくしようとなさった——まさに英俊の決断というべきもの。……グロバ族との抗争は根が深いからな、容易な対応では済まされぬことを見抜いておられたのじゃ」

「嗚呼《ああ》！」

奇妙な吠え声のような嘆息が、オーミの口からこぼれ出た。

「この十数年わたしは、そのことばかり考えてきたのです。何故？　何故？　何故？　と。皆が父上を不憫な方《かた》だと憐れむたびに、わたしは、決して父上を不憫と思いたくはなかった。やはり、不憫な方ではなかった。君主として、最善の策を選びとっておいでだったのだ！」

「グロバ族によって根絶やしにされてしまわぬことを、まずは大事とお考えになったのであろう。人に何と思われようとも、誰にも理解されずともな」

オーミは先王の深い心中《しんちゅう》をうかがい、泣きださんばかりに顔をゆがめたが、唇を噛んで涙をこらえた。

「ピンザ長官が赴任することを知ったとき、あやつが来る少し前に、わしもこの地に見張り役として身を置いたというわけでしてな。あやつは権力に酔う類《たぐい》の危うい男じゃから、ここぞという時には刺し違えるくらいの覚悟でのう。……真実を語る者が牢につながれることはよくあるとはいえ、イワーニャ君もとんだ仕打ちにあったものじゃ。されど、死が、大きな果報をもたらすこともありますからな。グロバ族の連中は、便利、効率、利益、こうした旗印をかかげて、人間の精神と霊性を蝕《むしば》もうとしておるようじゃが、連中が人々の幸福など全く意に介さぬことを人々も分かりはじめておる。連中が如何にきれいごとを言っても、いずれ人々に通じなくなろう」

「わたしには、人々が彼らに騙されつづけるような気がしてならない」

「さあ、それは、どうじゃろうか。わしは、皆が気づいていくと思っておる」

「……」

「オーミさまは、何をなさりたいのです？　そろそろご自分の気持ちを大事になさいませ」

そう言いながら、クシマは茶を入れるために席を離れた。

オーミは、狭い室内を見まわした。

土壁には、いくつもの陶片が埋め込まれ、その意匠には、人間による美醜の判断を拒むような野趣があり、無秩序な内部が露出する解放感が辺りに漂っていた。

たしかな足取りで湯気のたちのぼる茶を運んできたクシマに、オーミは、王宮で出会った時のなつかしい面影をはっきりとみとめた。

「正真正銘の粗茶じゃが、水だけは良い水を使っております。裏山の奥へ半時間ほど歩いていくと手に入る湧き水でしてな。良い水を探すのは、面白いですぞ。良い水をさがしていると、雨や土の性質にも思いを致すようになるものでな」

オーミの知る昔のクシマは好奇心旺盛な人間だったが、それは今もまったく変わっていなかった。

茶が喉から胃の腑へと流れていくにつれ、体がみるみる軽くなっていく。

オーミは、元の王宮にいるような気分になってきた。

「盆の里に隠れ住むようになってから、わたしは何もしないことを第一として生きてきたから、何をしたいかなど考えたこともない……。自分の気持ちを大事にするって、自分の心を正直に生きるということであろう？」

「その通り！　しかし、塵《ちり》や芥《あくた》の浮いた表面の心ではありませぬぞ。もっと奥の心に正直であらねば、邪道に迷うばかりのこと。ご自分の心のその底を凝視なされば、自ずと必要なことは見えてきましょう」

「……イワーニャは太陽だった。太陽を失ったわたしには、どう生きればよいか分からないし、まして何をしたいかなど……」

「いついかなる時も、オーミさまご自身のままでよいのです。大勢の者が自分自身を見失っていく世の中が、なにより悲惨なのですぞ」

励ましであり叱責でもある声づかいで言い切って、クシマは、顎の白ひげをひと撫でした。

「何かをしたいというより……わたしは王宮のあの鐘の音をもう一度ききたい。まだ幼い頃、わたしは自分の足をみつめて、〈この小さな足をもつ自分、みんながオーミと呼ぶ自分は、本当は何なのだろう？〉と思ったことがあったのだ。その時だよ。遠いふるさとからの響きのように、あの鐘の夕刻の音がきこえてきたのは。そして、わたしに或ることをはっきりと示してくれたのだ。わたしは、小さな子どもでありながら、計りきれないほど長い時間を生きてきた者だということをね。あの鐘の音は、その時から、鳴り響くたびにわたしを遠い無上の世界へと運んでくれた。この世では、ほかに味わいえない深い喜びを与えてくれた。わたしだけではない。あの鐘の響きは、多くの人にとっても特別だった」

「確かにそうであった。わしは音に鈍い男じゃが、それでも昔、王宮であの鐘の音をきいたときは、あまりの美しさに驚いたものじゃ」

「役立たずな願いであろう？」

「いや、なかなかどうして。窮した人間を助けるのは、水と食べ物と意外な何か、ですからな。鐘の音はその意外な何か、かもしれませぬぞ」

「とり壊されたあの鐘の音を聞きたいなど、死者と話をしたい、と願うようなものだ」

「じゃがオーミさま、この盆の里に、鐘がふたたび鳴り響くときが来るやもしれませぬぞ。盆の里にも、古くからの鋳物師はおりましょう……」

フーゴの姿がオーミの頭をかすめたが、鋳物師フーゴについては何も触れずに、オーミはこう言った。

「グロバ族は、人々の美しい思い出を消し去ってしまいたいはずだ。美しい思い出を持たぬ者の方が、グロバ族の支配を受け入れやすいだろうから。……長官ピンザがやって来て、イワーニャまで死んでしまった今は、里人にとって試練の時。鐘の音がふたたび鳴り響くなど、あまりにも遠い絵空事だ」

「オーミさま、試練の道を歩まねばならぬときは、ひとつの問いかけをなさればよいのです。――わたしは浄められているか、と」

「わたしは浄められているか?」

「さよう。……あとは、さあオーミさま、立ってごらんなされ」

オーミは、クシマに言われるまま椅子から立ち上がった。

「さあ次は、座ってごらんなされ」

オーミは、やはり言われるままに椅子に座った。

「さよう、さよう。今、オーミさまは、ほとんど無心に椅子から立ち上がり、お座りになった。そのように、直面する事柄に只管《ひたすら》向き合いなさればよいのです。試練の道がいつ果てるとも分からぬときは尚更、ご自分への問いかけをお続けなされ。わたしは浄められているか、と」

なぜか不意に、エール川の流れがオーミの眼前に映しだされた。山の奥の小さな湧き水が川となり、やがて海へと注いでいく、その長い流れが、川を行く水泡のごとき我が身の来し方行く末と重なった。

〈わたしは浄められているか？　……エール川は浄められているか？〉

〈イーナリ国は浄められているか？　……わたしは浄められているか？〉

オーミの心の淀みが、わずかに流れだした。

「あの鐘を再現する——これは、絵空事ではありませぬぞ」

クシマは、丹念な口調で話しつづけた。

「オーミさまの心にある古き良き時代をおつくりなされ。それが、ルネサンス、つまり再生じゃ。ルネサンス（文芸復興）というかつての新しい時代も、さようにして誕生したのですぞ。鐘の音をきく人々は、忘れていた美しい世界を思い出すじゃろう。今はとかく人を卑しくし、この世を醜くするゴルドがこの世を動かしているが、やがて、美しい世界への想いがこの世を動かし、新しい現実を生みだしていくじゃろう。ゴルドを得んとするのではなく、よき仕事をせんとして報われる社会になっていくじゃろう」

クシマには、金《ゴールド》をゴルドという独特の癖があるようだった。

オーミは、クシマの白い髭をじっと見つめて言った。

「しかし、長官ピンザは真っ向から潰しにくるはずだ。人々の耳に雑音を馴染ませ、美しい世界から心を遠ざけようとするのが、彼らの政策なのだから」

「なるほど。感覚と知性を衰えさせ、情操を麻痺させ、意のままに操りやすくする——それが現代のグロバ族による支配の定石ゆえ、連中も必死で抗してくる、というわけですな」

オーミは、黙ったまま軽く頷いた。

「ご心配なさるな。ピンザの次に赴任する予定の者は、支配ではなく、もう少し人間味のある統治をなそうとするじゃろう」

「……？」

「我らとグロバ族は、それぞれ、相手の懐に入りこむ人間を何世代もかけて育てておるのじゃ。表面からは分からぬゆえ、実に奇々怪々な人間模様を呈するが、次の長官候補は、我らの息のかかった者でな。秘中の秘ですぞ。ともかく、ピンザが任期を終えたあと、この者が長官となれば流れは変わりますぞ」

クシマの話の思いがけない展開に、オーミは絶句した。

〈嗚呼、ああイワーニャ、君も、ここでこの秘中の秘を聞き知りたかったにちがいない〉

壁ぎわの台に置かれたろうそくの炎が、土壁を背に、ひときわ盛んに燃え揺れた。

自分をクシマへと導いたイワーニャが、近づいては遠のき遠のいては近づきながら、炎といっしょになって揺れている、そう感じたオーミは、イワーニャの存在を強く意識した。

イワーニャを助けるために、賢者として評判高いクシマの家にイワーニャを匿ってもらおうと思いつきながら、ついに何も叶わなかった……。イワーニャの逃亡と死をめぐり、後悔の刃が突き刺さったままの胸のうちを、オーミはクシマにうち明けた。

クシマの言葉には、オーミの煩悶を鎮める力があった。

「つまりイワーニャ君の心が向かおうとしていたのは、このあばら家ではなかった、ということじゃろう。それに、イワーニャ君の心にさような思いの残滓《ざんし》があろうはずもなく、もはや思いわずらいなさるな」

「……」

遠くをみる面持ちで、クシマはさらに言った。

「死者は、地上の者より満ち足りているものじゃ」

死者たちからの報せを夢見のさなかに幾度か受けとったことのあるクシマは、そう断言した。

……イワーニャがこの世を去ってからはじめて、生きようとする力がオーミに充ちてきた。

死の真実の姿さえクシマならいつか教えてくれるにちがいない、と期待しながら、オーミは近いうちの再訪を約束して、やがて暇《いとま》を告げた。

冬空のもと、神さびたクシマの家を、オーミは一度だけふり返った。

外気は身の芯に凍みる冷たさだったが、雲間からは澄んだ光が流れていた。

〈あとひと月もすれば、丘の水仙も咲くだろう。ジンべとも、もうすぐ会えるだろう。クシマの言ったとおり、やがて、美しい世界への想いがこの世を動かし、新しい現実を生みだしていくだろう〉

かつて水車を直すために出かけた朝、イワーニャが言い放った明るい声が、オーミの胸のうちから、なごり雪の道のかなたから、精霊やどる木霊のように響いてきた。

「信じて待っているからだよ。その待っているものに、いつかは近づこうと心を定めているからさ」

オーミは、ピンザ長官の死をまだ知らずにいた。

了

〈著者紹介〉
音羽　万葉（おとわ まんよう）
本名：亀　節子
1954年和歌山市生まれ。
東京大学教育学部卒業。
関西医療大学名誉教授。

イーナリ国の夜明け

2021年11月12日　初版第1刷発行
著　者　音羽万葉
発行所　株式会社牧歌舎
〒664-0858　伊丹市西台1-6-13　伊丹コアビル3F
TEL.03-6423-2271　FAX.03-6423-2272
http://bokkasha.com　代表：竹林哲己
発売元　株式会社星雲社（共同出版社・流通責任出版社）
〒112-0005　東京都文京区水道1-3-30
TEL.03-3868-3275　FAX.03-3868-6588
印刷・製本　藤原印刷株式会社

ISBN 978-4-434-29690-1　C0093